LETZTE LIEBE

Christian Gailly

LETZTE LIEBE

Roman

Aus dem Französischen
von Doris Heinemann

Berlin Verlag

»… und siehe da, nach kurzer Zeit ist es einem unmöglich, jemals wieder etwas zu tun.«

SAMUEL BECKETT

1.

Gerade ist es im Saal dunkel geworden. Die Bühne ist hell. Es kann losgehen. Von links treten die Musiker auf. Vier Musiker. Drei junge Männer und eine junge Frau. Zwei Geigen, Bratsche und Cello. Alle vier verbeugen sich kurz vor dem applaudierenden Publikum. Setzen sich dann. Jeder auf seinen Platz. Im Halbkreis. Von links nach rechts: erste Geige, zweite Geige, Bratsche, Cello. Der erste Geiger trägt eine elfenbeinfarbene Smokingjacke. Die beiden anderen jungen Männer sind ganz in Schwarz. Das lange, weite Kleid der blonden jungen Frau ist grün. Der erste Geiger und die Cellistin sind Geschwister. Das Quartett ist nach ihnen benannt.

Auf das Programm des Konzerts hat das Alexander-Quartett drei Werke gesetzt. Opus 20 Nummer 6 von Joseph Haydn. Danach eine zeitgenössische Komposition. Das dritte Streichquartett, Opuszahl 12, des französischen Komponisten Paul Cédrat. Und als Abschluss, nach der Pause, das Vierzehnte, Opus 131, von Beethoven.

Paul sitzt im Saal. Unten im Parkett. In der Mitte der achten Reihe. Niemand kennt ihn. Er verhält sich unauffällig. Man lässt ihn in Ruhe. Sein Herz schlägt sehr heftig. Die

Atmosphäre ist eine besondere. Es ist Sommer. Und heiß. Wir haben August, genauer gesagt, den 18. August. Das insgesamt eher junge Publikum ist unruhig. Der große Saal voll. Sehr viele Leute. Für Paul ist es eine Premiere. Noch nie hat sich eins seiner Werke vor dem sehr breiten Publikum eines Sommerfestivals bewähren müssen. Zürich 1987.

Die Stille lässt auf sich warten. Breitet sich im Saal aus. Senkt sich über die Köpfe. Bei den besonders Unkonzentrierten mit gewissem Nachdruck. Bald schon wird sich jeder für die Stille verantwortlich fühlen. Und nicht wenig stolz darauf sein, sie herbeigeführt zu haben für sie, die Musiker. Fast ist es so weit. Ein letztes Husten, und dann nichts mehr. Es kann losgehen.

Die Finger pressen die Saiten auf den Hals. Die ersten Töne sind schon vorgeformt. Sie warten nur noch auf die Bögen. Da sind sie. Sie heben sich zum Einsatz. Es fängt an. Es hat angefangen. Alles in allem wird es etwa eine Viertelstunde dauern.

Es wird gut gehen. Mit Haydn geht es immer gut. Alle mögen ihn. Er mochte alle. Vier Sätze hat dieses A-Dur-Quartett. Das Opus 20 Nummer 6. Allegro di molto e scherzando. Adagio. Menuetto. Allegretto. Fuga a 3 soggetti. Allegro.

Paul kannte dieses Streichquartett. Zu Hause hatte er eine hervorragende Aufnahme. Hatte sie lange nicht mehr gehört. Und nie im Konzertsaal. Er erkannte sie wieder, die Strenge und die Eleganz. Die berühmte klassische Perfektion. In einem Zustand großer Anspannung sog er all das in sich ein. Bis zur Schlussfuge. Einer der schönsten Haydns.

Voilà, es ist vorbei. Applaus, so genannter satter Beifall. Bravorufe. Glanz in vielen Augen. Lächeln auf vielen Gesichtern. Das Alexander-Quartett dankt mit einer Verbeugung. Die junge Cellistin mit den weißen Schultern hält sich schützend die Hand vor den dezenten Ausschnitt ihres grünen Kleides. Wieder dankt sie gemeinsam mit ihren Partnern in Schwarz und Elfenbein, verbeugt sich, richtet sich auf. Dann verlassen alle vier die Bühne.

Paul ist sehr bewegt. Von einem Gefühl, das ihm seine eigene Musik nie vermittelt. Gleich ist er an der Reihe. Und plötzlich hat er Angst. Er fragte sich, was auf ihn zukäme. Wie das Publikum es aufnehmen würde. Wie würde es nach der Musik Haydns auf die Musik Paul Cédrats reagieren, der lebt, anwesend ist und mit ihm im Saal atmet?

Seit Haydn sind zwei Jahrhunderte vergangen. Die Musiktheorie ist explodiert. Die Welt auch. Wie werden sie mir begegnen? Welchen Anklang werde ich finden? Was halten sie für mich bereit? Nicht mehr lange, und er würde es wissen.

Eine Sache von ein paar Minuten. Eine kleine Unterbrechung, keine Pause. Das Licht im Saal geht nicht wieder an. Die Bühne bleibt hell erleuchtet. Die Musiker erholen sich kurz. Gleich kommen sie zurück, und dann werden wir schon sehen.

Wir haben es gesehen. Vor allem gehört, aber auch gesehen. Wie der Saal gegen Pauls Musik aufbegehrte. Nicht mit der Wucht eines Donnerschlags. Eher wie ein langsames Unwetter, das sich von ferne nähert, lange braucht, Windstöße vorausschickt, begleitet von den spitzen Schreien erregt kreisender schwarzer Vögel. Es musste ja so kommen. Was ist geschehen?

Nichts Besonderes. Und dennoch etwas recht Ungewöhnliches. Das musikbegeisterte Publikum ist von Natur aus höflich, wohlerzogen, geduldig, interessiert und neugierig auf alles Neue. Dieses nicht. Dieses insgesamt junge Publikum. Und außerdem waren Ferien. Es war heiß. Man war in legerer Kleidung erschienen. Mit Freunden. Freute sich schon aufs Abendessen, auf den Anblick der hereinbrechenden Nacht. In einem Gartenlokal am Seeufer.

Das ist es, aber das ist nicht alles. Das hilft einem nur zu protestieren, wenn einem etwas nicht gefällt. Und in der Tat, es gefiel ihnen nicht. Warum nicht? Weil zu langsam, zu lang, traurig, wenn nicht gar düster, und eintönig bis zur Besessenheit.

Darauf waren sie nicht gefasst. Sie waren auf etwas anderes gefasst. Sie erhofften eine zu Haydn und Beethoven passende Musik. Ist das die Möglichkeit? Wie hätte sie dazu passen können? Das ist die Frage. Stellen wir also fest, das Programm war falsch zusammengestellt, und suchen wir nach Erklärungen:

Pauls Quartett bestand aus sechs Sätzen. Alle sehr langsam. Lauter Adagios. Eine Elegie. Eine Serenade. Ein Intermezzo. Ein Nocturne. Ein Trauermarsch. Ein Epilog. Sie ertrugen nur die Hälfte. Es fehlte an Abwechslung. Allerdings. Vor allem krankte es am Fehlen von Gegensätzen. Die berühmten Gegensätze. Langsam – lebhaft. Traurig – heiter.

Nach der Elegie, dem ersten langsamen Satz, der immerhin zwölf Minuten dauerte, das ist lang, erwarteten sie etwas Lebhaftes, nach dem klassischen Muster langsam-lebhaft-langsam-lebhaft. Doch nein. Sie bekamen noch einen weiteren langsamen Satz serviert. Na schön. Warten wir ab.

Nach der Serenade, dem zweiten langsamen Satz, sagten sich alle: Jetzt kommt bestimmt ein schneller Satz. Keineswegs. Jetzt kam das Intermezzo. Kürzer, aber immer noch genauso langsam und traurig. Die Kürze wurde allgemein begrüßt, jedermann hielt sie für die Vorbotin unmittelbar bevorstehender Lebhaftigkeit. Der nächste Satz musste einfach schnell und heiter sein. Doch ach.

Die Sache geriet ins Rutschen, als das Alexander-Quartett mit dem Nocturne begann. Dem vierten langsamen Satz. Ein banales Massenphänomen. Eine Stimme ist zu hören: Schluss damit, sagt sie, es reicht. Es ist so langsam. So hässlich. So traurig. Schluss damit. Fröhlichkeit. Leben.

Eine andere Stimme erhebt sich, stimmt der ersten bei. Eine weitere, um die ersten beiden zum Schweigen zu bringen. Noch mehr Stimmen, viele, durcheinander, die beistimmen und zugleich zum Schweigen mahnen. Wie durch Ansteckung, durch sprunghafte Vermehrung geriet der ganze Saal in Aufruhr. Und das ist noch nicht alles.

Nach einiger Zeit. Vermutlich waren ihnen die Schreie und Pfiffe ausgegangen. Die Beleidigungen und Anwürfe.

Begannen sie unter Klatschen und Trampeln den Namen Beethoven zu skandieren. Sie verlangten nach ihm: Bee-tho-ven! Bee-tho-ven! Ein Graus.

Wie auch immer. Es herrschte ein solcher Radau. Die Musiker hörten sich nicht mehr. Sie spielten nämlich weiter. Hielten stand. Wollten nicht nachgeben. Hielten lange Minuten stand. Gaben nicht nach. Hörten nicht auf.

Gaben dann nach, hörten zu spielen auf und verließen schließlich die Bühne. Vor den Augen Pauls, des Urhebers dieses Dramas, Paul Cédrats, der da war, im Saal, vergessen wir es nicht.

Ich versuche mir vorzustellen, was er durchgemacht haben muss. Er musste vernichtet sein, gewiss, aber vor allem in Sorge um die Kinder. Ich meine die vier jungen Leute. Er nannte sie die Kinder. Die das vermutlich zum ersten Mal erlebten.

Wer so etwas noch nicht erlebt hat, vermag nicht zu verstehen, was es bedeutet, das ertragen zu müssen. Wenn man vom Publikum ausgebuht, von der Bühne gejagt wird. Vor allem ihretwegen tat es Paul sehr Leid. Er hatte das Bedürfnis, zu ihnen zu gehen. Erhob sich von seinem Platz. In der Mitte der achten Reihe. Schob sich unter Entschuldigungen nach rechts. Störte die Leute. Die ihn vorbeiließen, deshalb jedoch nicht aufhörten, den Namen Beethoven zu skandieren.

Nicht ohne Mühe fand er den Weg hinter die Bühne. Vom Saal aus gab es keinen Zugang. Es sei denn, man spielte Akrobat. Spränge auf die Bühne. Auf die Gefahr hin, von einer Meute Dummbolde verfolgt zu werden. Die die Bühne besetzen würden. Um dann mit der Diskussion anzufangen. Pro und contra moderne Musik. Nein danke. Der geschwächte Zustand hätte es ohnehin nicht erlaubt. Pauls Zustand.

Was ich Zustand nenne. Seine Krankheit. Hätte ihn fast daran gehindert, an den Proben teilzunehmen. Schließlich doch nicht. Er konnte nach Zürich reisen. Er kam, um mit den Kleinen zu arbeiten. Er nannte sie auch die Kleinen. Eine Woche Arbeit am Notentext, erstes Entziffern und Sonorisieren. Klangliche, dynamische Überarbeitung. Diverse Korrekturen. Manche Passagen waren unspielbar. Paul genoss also noch ein Mal dieses geradezu musikalische Paar: Anspannung – Entspannung. Oder: Krise – Remission.

Fand die Kinder hinter der Bühne. In einem Raum mit beleuchteten Spiegeln, vor denen man sich das Gesicht wieder herrichten konnte. Begegnete seinem eigenen. Die Haut, die immer stärker einfiel, schien unter den Knochen verschwinden zu wollen. Die Stimmung stand auf Gram.

Die zweite Geige und die Bratsche, in Schwarz, saßen in einer Ecke und wechselten gelegentlich ein Wort. Arthur Alexander und seine Schwester Alma standen, einander umarmend, vor dem Spiegel und sahen sich darin weinen, wobei sie, so vermute ich, Trost in ihrem Abbild fanden. Ach, der Anblick eines schönen Gesichts unter Tränen. Vor allem Almas Gesicht. Arthurs Augen waren nur gerade mal feucht. Er hielt seine Schwester an den Schultern. Der elfenbeinfarbene Jackenärmel quer über dem grünen Taftärmel des Kleides ergab einen sehr hübschen Kontrast. Oder Zusammenklang. Oder Farbenpaar.

Der erschöpfte Paul drängte seinen eigenen Kummer zurück und sprach. Zwang sich zu sprechen, obwohl er nur eines wollte. Sie in die Arme nehmen: Es tut mir Leid, sagte er. Wenn Sie wüssten. So Leid. Es schmerzt mich so sehr für Sie. Ich hätte es vorhersehen müssen. Daran denken müssen, dass dieses Experiment für Sie katastrophal ausgehen könnte.

Arthur löste sich von seiner Schwester: Uns auch, sagte er. Es schmerzt uns so sehr für Sie. Ihr Quartett ist herrlich. Ein wahres Meisterwerk. Wir fühlen uns sehr geehrt und stolz, dass wir es uraufführen durften. Und jetzt gehen wir. Wir packen. Und steigen ins Flugzeug.

Nein, sagte Paul. Nur das nicht. Sie werden auf die Bühne zurückgehen und wie geplant Beethovens Vierzehntes spielen. Er fügte noch diesen naiven Satz hinzu. Der einem aus der Feder fließt, wenn der Tod schon alles geregelt hat. Oder es bald tun wird. Oder auch nur, wenn man an einen lieben Verstorbenen erinnert. Sagte, was er sich gewünscht hätte: Beethoven hätte sich darüber gefreut, sagte er, dass Sie sein Vierzehntes spielen. Nein, sagte Arthur. Kommt nicht in Frage.

Der Bratscher, er hieß mit Vornamen Ernst, mischte sich ein. Er griff ein mit den Worten: Was wir tun könnten, sagte er. Wir könnten den Leuten die Große Fuge mit aller nötigen Wucht vorspielen. Damit dieser Haufen Idioten versteht, dass auch Beethoven unerträglich modern sein konnte.

Nette Idee, dachte Paul, doch nein. Nein, sagte er, das Vierzehnte. Alma griff wieder nach dem Arm ihres Bruders: Ja, sagte sie. Wir werden es spielen. Ja, sagte Paul, Sie werden es spielen, und zwar unter Ausnutzung dessen, was gerade vorgefallen ist. Die Mühe war nicht vergebens. Sie werden die Kraft dieser Emotion, des Kummers, der Wut und der Enttäuschung nutzen. All diese Kraft. Und ich bin sicher, die Fassung, die Sie ihnen vorspielen werden, wird herrlich sein und schrecklich. Ich zähle auf Sie, Sie werden sie erbeben lassen.

Der Saal ist wieder erleuchtet. Jetzt ist Pause, Sie haben zwanzig Minuten, um sich zu konzentrieren. Viel Glück, liebe Freunde, sagte er, er zwang sich, nicht liebe Kinder zu ihnen zu sagen oder meine Kleinen. Ich werde nicht im Saal sitzen. Ich brauche frische Luft.

Er ging an die frische Luft. Nahm sie in sich auf. Die Luft ließ sich von ihm nehmen. Als wäre sie nur für ihn da. Eine laue, angenehm zu atmende Luft. Für mich allein. Niemand denkt je daran, dass die anderen dieselbe Luft atmen. Und wenn, wie heute Abend, der Himmel schön ist, müsste ihn schon jemand dicht neben Ihnen, sehr dicht neben Ihnen und gemeinsam mit Ihnen betrachten, sonst ist es ganz allein Ihr Himmel.

Niemand betrachtete gemeinsam mit Paul die dunklen Blautöne, die Türkistonleitern einer Sonne, die hier allabendlich in die schwarzen Fluten des Sees tauchte. Er blieb stehen, um diese ganze Pracht besser zu sehen, sie zu atmen.

Paul hätte, erschöpft, wie er war, nicht so dastehen sollen, reglos, mit gerecktem Kopf und erhobenem Blick. Er senkte den Blick, zog den Kopf ein und atmete tief. Ich kann nicht mehr, dachte er. Ich habe keine Kraft mehr. Ich geh zurück ins Hotel. Ich werd ein wenig schlafen. Dann ruf ich Lucie an.

2.

Der Gang dorthin tat ihm gut. Ein internationales Grandhotel. Auf der obersten Stufe der Freitreppe zwei junge Wagenmeister in roter Weste. Paul grüßte die beiden im Vorübergehen. Der Schwindel überfiel ihn wieder, als er die Empfangshalle betrat. Eine viel zu große Halle. Mit viel zu hoher Decke. Eine weitläufige Fliesenfläche in Lachs. Hinten links der Speisesaal. Einige wenige Gäste saßen noch dort. In der Ferne rechts, am Ende einer Flucht von Salons, das ruhige Wasser, die menschenleeren Ränder des Swimmingpools.

Dieser Kopf, in dem sich alles ein wenig dreht. Die Marmorsäulen sind Anhaltspunkte. Etwas Solides zum Anlehnen. Oder die Empfangstresen. Der Zimmer- oder der Gepäckservice. Der Taxirufdienst. Jeder wird erhellt von einer kleinen, nicht zu grellen Lampe neben dem Gesicht einer Frau in weißer Bluse. Eines Mannes in roter Jacke. Die Hand darauf legen. Nur einen winzigen Augenblick ausruhen. Paul steuerte die Aufzüge an.

Mit einem Druck auf den Knopf. Rief er den linken. Im Allgemeinen sehr schnellen. Der kam nicht. Vermutlich blockierte jemand die Tür. Etwas muss noch gesagt werden.

Jemandem, der nicht aussteigt. Dem man sagt. Vergiss nicht, was ich dir gesagt habe. Oder jemand war auf dem Weg hinauf in sein Zimmer. Will den Aufzug verlassen. Stößt auf jemanden, der gerade hinunter will. Guten Abend, meine Liebe. Wie geht es Ihnen? Danke, danke, gut. Was für ein schöner Abend. Nicht wahr?

Die Kabine entließ einen dicken, dramatischen Mann. Siebzig Jahre. Dunkelkaramell gebräunt. Fast schokoladenbraun. Barfuß in weißen Mokassins. Weiße Hose. Weißes Hemd. Marineblauer Pullover über den Schultern. Ärmel um den Hals geknotet. Aluminiumfarbenes Haar.

Guten Abend, sagte der Mann. Guten Abend, antwortete Paul. Dann trat er in die parfümierte Kabine. Das Eau de Toilette des Mannes war nicht ausgestiegen. Er drehte sich um und streckte den Finger aus.

Er wollte gerade auf die Sechs drücken. Da nähert sich eine junge Frau. Eilig trippelnd. Was vermuten lässt, dass auch sie diesen Aufzug nehmen möchte.

Paul hält inne. Wartet auf sie, um dann zu drücken. Vom schnellen Trippeln abgesehen, kein Anzeichen von Einverständnis. Sie trägt eine hübsche Hose. Sicher aus Leinen. Perfekt geschnitten. An den Füßen Gold-Sandalen. Ein grasgrünes kleines Top über dem nackten Oberkörper. Gut frisiert. Halblanges dunkles Haar. Sie steigt ein und verzieht das Gesicht. Als wolle sie sagen, das stinkt. Ich kann nichts dafür, denkt Paul, dann fragt er:

Welcher Stock? Sie antwortet nicht. Drückt selbst auf die Sechs. Ich auch, denkt Paul, das trifft sich gut.

Bliebe noch das Gesicht. Die feinporige Haut. Die geschminkten Lippen und vor allem die Augen. Die Augen sind ihm seltsam erschienen. Er sucht sie im Spiegel. Sie wirken gehetzt, aber nicht nur das. Sie sind blutunterlaufen. Zu viel geweint, denkt Paul. Oder zu viel getrunken. Oder Drogen genommen. Das Blut in den Augen, der gehetzte Blick gaben diesem Gesicht eine Schönheit, die sonst nicht vollkommen gewesen wäre.

Die modernen Aufzüge sind zu schnell. Man hat keine Zeit nachzudenken. Keine Zeit, Unglück und Liebe oder ein Frauenleben zu erraten oder zu erfinden. Sich um alles kümmern. Sich einmischen. Sich um alles sorgen, was lebt. Glauben, dass einen dies alles etwas angeht. Dass alles, was man ansieht, einen etwas angeht. Bei sich ein Interesse an jedweder Form von Leben entdecken. Es kann nicht mehr warten. Nichts duldet noch den geringsten Aufschub.

Die Kabine wird langsamer und bleibt dann im sechsten Stock stehen. Die Tür öffnet sich. Die junge Frau wird aussteigen und nach rechts in den stillen Gang mit dem schallschluckenden Bodenbelag einbiegen. Paul muss nach links. Er gibt sich einen Ruck. Mit einem Finger berührt er den Unterarm der Frau und sagt:

Es scheint Ihnen nicht besonders gut zu gehen, sagt er. Habe ich Recht? Sie wendet sich um und richtet ihren blutunterlaufenen Blick auf ihn. Kein Gesichtsausdruck, nur das Blut. Das übrigens nichts ausdrückt, oder alles, je nachdem. Paul sieht Angst darin. Vielleicht die, die ich ihr mache.

Und dann, mit einem Mal, entdeckt, versteht, vermutet, macht er sich bewusst, dass sie zu gut hergerichtet ist. Zu frisch schöngemacht, um von irgendwoher zurückkommen zu können. Sie geht eher irgendwohin. Aber vielleicht sind Sie auf dem Weg zu jemandem, sagt er. Das wäre mir lieber. Ganz unter uns. Dann wäre ich beruhigter. Wie auch immer. Das sollen Sie wissen. Wenn Sie mich brauchen. Ich bin da. Ich wohne in Zimmer 607.

Er wohnte seit einer Woche darin. Hatte immer noch nicht begriffen, wie die Magnetkarte funktionierte. Schaffte es jedoch auch an diesem Abend wieder, seine Tür zu öffnen. Trat ein, schloss sie und öffnete sie dann wieder. Er wollte das Schild raushängen. Bitte nicht stören. Erinnerte sich seines Versprechens an die Unbekannte. Ließ das Schild drinnen und schloss sich ein.

Dann Licht im Badezimmer. Licht in der Toilette. Im Zimmer. Überall. Dann, nein. Es brennt mir in den Augen. Nur die Nachttischlampe. Die linke. Alle übrigen mach aus. Und dann. Dann setze ich mich. Ich lasse zu, dass ich mich aufs Bett setze. Mir wird klar, dass ich nur darauf gewartet habe. Dass ich seit Stunden nur darum kämpfte. Ich habe es vergessen, mein Körper nicht. Mich jetzt hinsetzen. Mich ausstrecken. Jetzt schlafen.

Doch wenn ich schlafe, dachte er. Schlafe ich womöglich lange. Dann wird Lucie im Bett sein. Ich will sie lieber nicht wecken. Ich rufe sie jetzt an. Selbst wenn. Nichts. Keine Kraft mehr. Nichts mehr zu sagen.

Vom Alkohol war ihm ausdrücklich abgeraten worden.

Das würde die Entwicklung nur beschleunigen, hatte man ihm gesagt. Höchstwahrscheinlich. Aber wenn nur der Alkohol die Angst einzuschläfern vermag. Kann man sich seiner genauso gut bedienen. Was er tat.

Er fand ihn in der Minibar. Unnötig, nach dem Tag und Nacht bereitstehenden Etagendienst zu klingeln. Eis und Whisky. Paul füllte sich ein Glas, bevor er Lucie anrief. Mit einem großen Schluck trank er es zur Hälfte aus. Stellte es ab. Freute sich über die unmittelbar eintretende Wirkung und wählte die Nummer des Landhauses.

Lucie war in ihrem Zimmer. In ihrem Bett. In einem hübschen Nachthemd. Eine Art sehr leichter Seide. Selbst bei großer Hitze. Was hier der Fall ist. Hätte niemand sie dazu bringen können, nackt zu schlafen.

Sie hörte Radio. Die Übertragung des Konzerts aus Zürich, eine Direktübertragung des Senders France Musiques. Sie nahm ab, ohne sich erst die Mühe zu machen, das Radio leiser zu stellen.

Paul hörte ihr »hallô?« vor einem mächtigen musikalischen Hintergrund. Er erkannte sofort die letzten Takte von Beethovens Vierzehntem. Er sah auf die Armbanduhr. Eine Stunde war vergangen, seit er den Saal verlassen hatte. Zwanzig Minuten Pause. Etwa vierzig Minuten Streichquartett. Das passte. Es sind die Kinder, dachte er.

Und die Kinder?, fragte er. Wie machen sie ihre Sache? Welche Kinder, fragte Lucie. Unsere? Aber nein, sagte Paul. Meine. Die Alexanders. Wie machen sie ihre Sache?

Wunderbar, sagte Lucie. Sie haben das prächtig gespielt.

Eine sehr moderne Auffassung. Schnörkellos. Kein Rubato. Sehr wenig Vibrato. Manchmal fast übertrieben. Warte, ich stell das Radio leiser. Bloß nicht, sagte Paul. Sie sind gerade fertig.

Orkan oder Tornado. Bravo-Gewitter. Man bereitet ihnen einen Triumph. Eine Flutwelle. Diese niederträchtige Welle, die über halb Europa hin- und zurückschwappt, ertränkt Pauls Herz. Und dann, klack, nichts mehr, nur noch Lucies Stimme.

Und du, fragt sie. Geht's? Wie hast du es aufgenommen? Wie hast du es ertragen? Sag doch. Nicht allzu schlecht, sagt Paul. Es geht. Tu nicht so, als machtest du dir meinetwegen Sorgen. Ich weiß, dass es dir schnurz ist.

Lucie: Sag so was nicht. Es ist mir nicht schnurz. Ich habe dich mein ganzes Leben lang unterstützt. Nur finde ich deine Musik, habe ich deine Musik immer, und so auch heute Abend, schrecklich düster gefunden.

Paul schwankte zwischen zwei Antworten: Umstandshalber. Oder: Die Musik ist immer den Umständen entsprechend. Er trank die zweite Hälfte des Whiskys. Die wohltuende Wirkung verstärkte sich. Ich hatte nur das zu sagen, sagte er. Sonst nichts.

Lucie: Das wussten die Leute nicht. Paul: Aber ich. Und du auch. Lucie: Sie haben es nicht verstanden. Paul: Das verstehe ich. Aber das ist nicht der Punkt. Und Schluss jetzt mit den Albereien. Er wollte Kindereien sagen. Na ja, nur ein bisschen daneben.

Das sind keine Albereien, sagte Lucie. Paul unterbrach

sie rücksichtslos: Hast du alles für deine Abreise morgen vorbereitet? Ja, sagte sie. Keine Sorge. Ich werde nicht mehr da sein, wenn du ankommst. Aber trotzdem. Was du mir zumutest, ist ungerecht und grausam. Ich würde sogar sagen, sinnlos.

Ich weiß, sagte Paul. So ist es eben. Ich möchte nicht, dass du das mit ansiehst. Wir sind uns also einig. Ich will, ich verlange, dass du das Haus verlassen hast, wenn ich ankomme. Sind wir uns einig? Ja, Paul, sagte Lucie. Wir sind uns einig.

Danke, sagte Paul. Ich liebe dich dafür. Ich liebe dich immer noch. Und ich wünsche dir eine gute Nacht. Nimm zwei Tabletten statt einer und schlaf, bitte schlaf. Gute Nacht.

Einen Augenblick lang stellte er sich Lucie in ihrem Bett vor. Fragte sich, ob sie das Licht schon ausgeknipst hatte. Ob sie würde schlafen können. Er nahm den Hörer ab, den er gerade aufgelegt hatte. Atmete tief ein, stieß dann mitsamt der Luft alle Gedanken aus und verlangte den Zimmerservice.

Eine Stimme meldete sich, er bestellte für acht Uhr Wecken mit einem großen schwarzen Kaffee und für neun Uhr ein Taxi. Wie lange braucht man zum Flughafen? Die Stimme: Etwa eine Viertelstunde. Sein Flugzeug sollte gegen zehn Uhr starten.

Kein Radio. Keine Musik. Kein Buch. Blieb noch der Fernseher an seiner Halterung oben an der Wand. Er schaltete ihn ein und bald wieder aus. Verärgert über sich selbst.

Trotz der kurzen Zeitspanne hatte ihn das Bild geschluckt und dann wieder ausgespien. Er fühlte sich noch einsamer. In einer wirklich leeren Leere. So ist das immer mit dem Fernsehen. Man darf es gar nicht erst einschalten. Er konnte sich ebenso gut ins Bett legen. Ja, genau. Leg dich lieber hin. Für eine weitere einsame Nacht in diesem Doppelbett. Die letzte. Und jetzt wasch dich.

Er bürstete sich heftig die Zähne. Schluckte die Abenddosis Medikamente mit sehr viel Wasser aus dem Zahnputzglas. Sie heilten ihn nicht. Sie hielten die Zeit nicht an. Sie ermöglichten ihm lediglich, die verbleibende Zeit halbwegs angenehm zu verleben. Anders gesagt, brav abzuwarten, bis der Tod ihn tötete. Wie alle anderen also. Eben nicht.

Sieh dich möglichst nicht an. Der Spiegel ist riesig. Das Licht darüber zu grell. Es akzentuierte die Ausbuchtungen dieses Knochenpakets, in das sich sein Schädel verwandelt hatte, gar zu grausam. Geradezu lächerlich. Ja, lach ein wenig.

Kaum wiederzuerkennen, außer den Augen. Die Augen hatten sich nicht verändert. Seine Augen waren dieselben. Vielleicht verblasst, doch nur sehr wenig. Dieselben wie die. Dieselben wie damals, als. Er war vier Jahre alt. Ein Foto aus der Vorschule. Er zwang sich, sie anzusehen. Erkannte sich am Blick. Einem bereits traurigen Blick. Seine Mutter hatte ihm bei der Geburt ihren Kummer untergejubelt. Als Zugabe zum Mutterkuchen. In der Anlage mein gesamter Kummer. Geh schlafen.

Er öffnete das Fenster ein wenig. Das Wehen oder Raunen. Der Atem der Stadt. So was leistet einem Gesellschaft. Dann schlug er die Bettdecke weit zurück. Und befreite das Bett von allem, was wärmt. Wonach er sich, sitzend, auszog und dann hinlegte. Dann den Arm ausstreckte, um die Lampe auszuknipsen. Die er sofort wieder anknipste. Ich werde nicht schlafen können. Ich weiß es. Sobald es dunkel ist. Eine Last auf dem Herzen.

Er würde nicht schlafen können, also stand er wieder auf. Ging zum Sekretär. Das Zimmer war natürlich mit einem Bett und einem Kleiderschrank ausgestattet, aber auch mit einem hübschen Sekretär samt Stuhl und einer kleinen Sitzgruppe. Keine Sessel? Doch, zwei. Das nämlich nennt man Sitzgruppe.

Auf dem Sekretär lag Pauls alte Aktentasche. Paul nahm sie mit zum Bett zurück. Öffnete sie. Zog die Partitur seines Quartetts heraus. Die er laut vorzulesen begann. Das heißt, er sang. Wählte eine Stimme aus. Sprang zu einer anderen. Wechselte von einer zur anderen. Sang alle vier eine nach der anderen. Ließ sie erklingen, um alle zu hören. Während eine Stimme gesungen wird. Klingen die anderen drei nach.

So schlief er ein. Singend.

3.

Sein hellbeiger Sommeranzug. Eine Leinenmischung. So was knittert leicht. Hätte mal ordentlich gebügelt werden müssen. Zu schlapp zum Umziehen. Der Anzug war weder schmutzig noch staubig. Nur verknittert. Er hätte ihn wie im Film dem Express-Bügelservice des Hotels anvertrauen können. Das Hotel hätte in einen Film gepasst. Einen opulenten Film. Keine Absteige. In seiner Reisetasche waren noch eine graue Hose und eine blaue Leinenjacke, die hätte er anziehen können. Faulheit oder vielleicht, inzwischen, auch Hass auf jede Veränderung.

Er steuerte den Empfangstresen an, um die Magnetkarte seines Zimmers abzugeben. Nummer 607. Solche Karten erfüllen die Aufgaben eines Schlüssels, haben aber nicht dessen Charme.

Das junge Mädchen von der Tagesschicht. In weißer Bluse. Den schwarzen Rock sieht man nicht. In weißer Bluse im sanften Licht der Tag und Nacht brennenden Lampe. Modische Brille und strenger Knoten, streckte die Hand aus und nahm die Karte.

Ich war Festival-Gast, sagte Paul. Also ist alles schon bezahlt. Nicht wahr? Und ohne irgendeine Zustimmung,

Bestätigung oder Einwilligung abzuwarten, wandte er sich dem anderen Tresen zu, an dem er sich besorgt nach seinem Taxi erkundigen wollte.

Das junge Mädchen rief ihn zurück. Monsieur Cédrat? Ja, sagte Paul. Die weiße Bluse: Sie müssen trotzdem etwas zahlen. Ach ja?, fragte Paul. Was? Die modische Brille: Ihre Getränke. Welche Getränke? Der strenge Knoten: Die auf Ihrem Zimmer. Aus der Minibar. Haben Sie nichts getrunken? Warten Sie mal, sagte Paul.

Er hatte Lust, sie zu ärgern. Verzichtete aber, angesichts ihrer speziellen Art, darauf: Doch, sagte er, ein oder zwei Whisky. An manchen Abenden. Eigentlich jeden Abend. Machen Sie die Rechnung. Sie war schon fertig. Was bin ich Ihnen schuldig?

Das Gerät nahm seine Kreditkarte nicht an. Er zahlte bar. Mit einem Schein und einem Haufen Münzen. Kleingeld beult die Taschen aus. Ging dann zu dem anderen Tresen, hinter dem ein junger Mann in roter Weste im sanften Lampenschein nur auf ihn zu warten schien.

Zimmer 607, sagte Paul. Wie steht es mit meinem Taxi? Der junge Mann sah auf seine Armbanduhr. Es wird gleich da sein, sagte er. Sie haben es für neun Uhr bestellt? Ja, sagte Paul. Der junge Mann lächelte: Es ist noch nicht ganz neun Uhr. Punkt neun wird das Taxi unten halten. Sie werden schon sehen. Machen Sie sich keine Sorgen.

Paul ging hinaus, um auf der Treppe zu warten. Um die Morgenluft zu atmen. Das Wetter war sehr schön. Umso besser. Die Sonne strahlte. Prächtig. Ein sehr angenehmes

Wetter. Weniger heiß als gestern. Gerade mal 27 Grad im Schatten oben auf der Treppe. Um neun Uhr morgens. Punkt neun Uhr.

Ein dicker schwarzer Mercedes bog von der Straße ein und fuhr durch den Hotelgarten. Paul nahm seine Reisetasche vom Boden auf und stieg die Stufen hinunter, während das Taxi unten an der Treppe hielt.

Ganz sicher das Opfer einer Halluzination. Das passierte ihm oft. Immer häufiger. Sein Gehirn geriet aus den Fugen. Im Sinne einer Entgleisung. Funktionierte nicht mehr normal. Er sah, wie sich die Tür und der Kofferraumdeckel automatisch öffneten. Dann entglitt ihm seine Reisetasche. Sie wurde in den Kofferraum gestellt. Auf die Frage des Chauffeurs: Zum Flughafen, nicht wahr?, antwortete Paul: ja. Und beugte sich dann vor, um in den Wagen zu steigen. Achtung. Das Warnsignal wird deutlicher. Er ist schon daran gewöhnt.

Heftiger Schwindel unterbrach die Bewegung des Einsteigens ins Taxi. Er biss die Zähne zusammen. Ballte die Fäuste. Spannte seinen ganzen Körper an und wartete, immer noch nach vorn gebeugt, darauf, dass es vorüberginge.

Und es ging vorüber. Als es vorüber war. Beendete er die Bewegung des Einsteigens in den Wagen. Als sie beendet war. Konnte er endlich den außergewöhnlichen Komfort des Mercedes genießen. Wenn ich nicht sterbe, dachte er, kaufe ich mir so einen. Mit welchem Geld? Weiß ich nicht. Das sehen wir dann. Eben.

Die Tür schloss sich still. Und wie still. Paul glaubte, sie sei nicht geschlossen. Sie war es. Das Taxi segelte los. Dann, nach geschickter Umgehung kleinerer Hindernisse, schlug es die Richtung zum Flughafen ein.

Wann geht Ihr Flug? Um zehn, sagte Paul. Kein Problem, den erreichen Sie. Es sei denn, uns kommt ein Riesenstau dazwischen. Oder ein Unfall. Ein Zusammenstoß. Was mir noch nie passiert ist. Sie werden pünktlich sein. Noch nie hat ein Fahrgast meinetwegen sein Flugzeug verpasst. Aber, fügte er hinzu. Sein Finger wies auf die Uhr im Armaturenbrett, als er anfing, die Uhrzeit zu kommentieren.

Paul hörte ihm nicht zu. Er hörte Frank Sinatra. Radio oder CD. Bestimmt eine CD. Es sind schon mehrere Lieder aufeinander gefolgt. Das erste erzählte vom Leben eines Mannes. Mein fünfzehntes Jahr, so hieß es darin, war ein sehr gutes Jahr. Mein dreißigstes Jahr, so hieß es, war ein sehr gutes Jahr. Und dann. Strophe um Strophe. Es wurde immer weniger heiter. Oder immer trauriger. Verständlicherweise.

Doch es war vor allem das zweite Lied, das dieses heiße, nach Meersalz schmeckende Gefühl durch Pauls Kehle fließen ließ. *The Shadow of Your Smile.* Stellen Sie sich vor, zu dieser Melodie hatte Paul Cédrat zum ersten Mal das Mädchen in den Armen gehalten, das Lucie Cédrat werden sollte.

Voilà, sagte der Chauffeur. Wir sind da. Sie sind da. Er stoppte den Taxameter. Und nachdem er verkündet hatte, es mache ganz genau achtzig Franc, drehte er sich um.

Monsieur?, fragte er. Monsieur? He, Monsieur! Wir sind

da. Schlafen Sie? Keine Reaktion. Er stieg aus, ging um den Wagen herum, öffnete die Tür und beugte sich über Paul, der die Augen aufschlug.

Sie sind aber auch einer, sagte der Mann im kurzärmeligen Hemd. Mittelscheitel. Angeklatschtes schwarzes Haar. Sie haben mir wirklich einen Schrecken eingejagt. Ich dachte, Sie wären tot. Noch nicht, dachte Paul. Fast. Nein, sagte er. Keine Sorge. Ich bin nur eingedöst. Das passiert mir oft. Das habe ich schon seit ganz früher Kindheit. Immer schlafe ich. Ist es eine Krankheit? In gewisser Hinsicht. Wie viel bin ich Ihnen schuldig? Achtzig. Paul suchte in seiner Brieftasche nach einem Hunderter. Der Chauffeur wartete nicht ab, sondern holte Pauls Reisetasche aus dem Kofferraum.

Paul tauschte die Reisetasche gegen seinen Hundert-Franc-Schein ein. Der Fahrer wühlte in der Hosentasche, dann in der Brusttasche seines Hemdes. Aber bitte, sagte Paul. Lassen Sie nur, stimmt so. Na dann danke, sagte der Chauffeur. Er hatte Ähnlichkeit mit Tino Rossi. Und gute Reise. Fliegen Sie zum Mond? Nein, sagte Paul. Warum fragen Sie? Der Taxifahrer: Hören Sie ihn denn nicht, Sinatra? Frank, die schönste Stimme der Welt, hatte gerade einen eher erfolgreichen Song vorgetragen: *Fly me to the Moon.* Ach so, sagte Paul. Ich verstehe. Sehr witzig. Leider nein. Eigentlich plane ich eine Parislandung.

Noch einer, den ich nicht wiedersehen werde, dachte er, als er durch die großen Glastüren in die Halle ging. Er ging sogar so weit zu denken, dass er überhaupt niemanden mehr wiedersehen würde. Da täuschte er sich. Er sah jemanden wieder, den wiederzusehen er absolut nicht erwartet hätte. Die junge Frau mit den Augen voller Blut.

Man könnte meinen, es handle sich um eine Allegorie des Todes. Die Verkörperung eines Todes, der nicht mehr von Pauls Seite weicht. Ihn von nahem ergreift. Ihm überallhin folgt. Gar nicht. Es handelt sich einfach um eine junge Frau, deren Augenweiß blutunterlaufen ist. Aber wenn Sie unbedingt wollen. Wenn man sich an ihren gehetzten Blick halten möchte. So würde sie eher das Leben verkörpern. Ein unablässig bedrohtes Leben.

Wie auch immer. Als sie ins Flugzeug kam, saß Paul bereits neben einem Fensterchen. Rechts. Über dem Flügel. Auf dem stets leeren Sitz. Den niemand will. Wohl weil er vibriert. Paul sitzt freiwillig dort. Er sieht gern auf das große Triebwerk. Vor allem sieht er beim Sinkflug gern zu, wie sich die Bremsklappen bewegen. Auf der Tragflächenober- oder -unterseite. Was weiß ich. Oder die Luftbremsen. Davon verstehe ich nichts.

Als hätte ihr die Nacht keine Erholung bringen können. Keine Besänftigung, keine Beruhigung. Als könnte ihr nichts Linderung verschaffen. Ging sie durch den Gang zwischen den Sitzen. Ganz in Schwarz. Langsam, methodisch. Sie sah alle an. Eine nach der anderen sah sie jede sitzende Person an. Auf jeden Einzelnen richtete sie diesen unverhohlen schreckensvollen Blick.

Einen Augenblick lang dachte Paul, sie suche womöglich ihn. Ein kalter Schauder bohrte sich in seinen Schädel.

Doch nein. Sie ging an ihm vorüber wie an den anderen. Sah ihn an, als er an der Reihe war, und ging weiter zu einem Platz im hinteren Flugzeugteil. Vielleicht ist sie ganz einfach nur verrückt, dachte er.

Das Flugzeug setzte sich in Bewegung. Er dachte schon nicht mehr daran. Ließ sich mitreißen. Die übergroße Beschleunigung presste ihn in den Sitz. Der sich bald neigte. Dann wieder aufrichtete. Und ihn sanft im ruhigen Himmelslicht absetzte.

Die Landung war weniger sanft. Ich rühr mich hier nicht mehr weg. Das hatte Paul während des Flugs gedacht. In der Erstarrung all seiner Glieder. Eine Art Lähmung, sobald er saß. Ich muss schließlich ja doch aufstehen. Die werden mich nicht gleich wieder auf die Reise gehen lassen.

Er ließ sich Zeit mit den Bewegungen. Hatte Mühe. Sah die junge Frau mit den roten Augen vorübergehen. Endlich stand er. Mit erhobenen Armen. Zog er seine Reisetasche aus dem Gepäckfach. Er sollte sie ein letztes Mal wiedersehen, diesmal wirklich zum letzten Mal.

Sie stieg in ein Taxi. Die Lotterie der Warteschlange. Die Lotterie beschenkte Paul ein weiteres Mal mit einem prächtigen Mercedes. Das verwirrte ihn. Er fragte sich. Verstand nicht, wie das möglich war. Als das Taxi schon fuhr, das Gefühl, gar nicht aus dem vorherigen ausgestiegen zu sein. Ich rühr mich hier nicht mehr weg.

Doch, leider. Er hatte seine Adresse genannt. Das war ein Fehler. Ich hätte ihm sagen sollen, er solle einfach vor sich hin fahren. Bis ich Ihnen sage, Sie sollen halten. Oder bis mein Geld nicht mehr reicht, um Sie zu bezahlen. Oder bis uns das Benzin ausgeht. Dann erst dürfen Sie. Das erlaube ich Ihnen. Mich auf einen Bürgersteig werfen.

Der des Boulevards ist sehr bevölkert. Ein Getriebe und Geschiebe. Lauter Leute. Von der Straße ganz zu schweigen. Schwarz vor Autos. Staus in beide Richtungen. Der Gelenkbus kam nicht durch. Schon gar nicht bis zur Haltestelle vor Pauls Haus. Alles wegen eines schwarzen Taxis. Ein neuer Mercedes hielt an der Bushaltestelle. Er hatte den Warnblinker gesetzt. Schien es nicht eilig zu haben, seinen Fahrgast auszuspucken.

Paul stieg aus. Ein großes knochiges Gespenst. Die Langsamkeit eines Greises. Nachdem die Wagentür zugeschlagen war. Der Mercedes weggefahren. Überquerte er den Bürgersteig. Dazu gezwungen, die doppelte Fußgängerströmung zu durchschneiden oder sich mitziehen zu lassen. Ein Strömungshemmnis wie eine überflüssige Insel.

Mehrmals angerempelt. Ging er weiter und versuchte sich die ganze Zeit an den Sicherungscode für die Haustür zu erinnern. Er konzentrierte sich mit geschlossenen Augen. Gerade mal zwei Buchstaben und drei Zahlen. Nicht weniger als eine Milliarde Möglichkeiten. Oder sagen wir Kombinationen. Er tippte sie ein. Das grüne Lämpchen sagte: Sie können hineingehen. Er drückte die Tür auf und trat ein. Der insgesamt fürchterlich geräuschvolle Boulevard. Wurde geknebelt von der zufallenden Tür. Oder fern gerückt, weggestoßen. Zum Schweigen gebracht.

Vielleicht nehm ich die Post mit rauf. Nein, Lucie wird sie bei ihrer Ankunft mitnehmen. Sie wird bald da sein. Ich habe vergessen, wann ihr Zug ankommt. Meiner geht in. Er sah auf die Armbanduhr. In etwa einer Stunde, und er stieg in den Aufzug.

Keine dreißig Minuten später kam er ohne Reisetasche wieder heraus. Unnötig, Kleidung mitzunehmen. Alles, was ich brauche, habe ich im Landhaus. Und überhaupt, wenn alles so läuft wie angekündigt. Oder wie ich gedacht habe. Werde ich kaum etwas brauchen.

Er ging zu Fuß zum nahe gelegenen Bahnhof. Er hatte sich nicht erholt in der Viertelstunde, die er ausgestreckt auf seinem Bett verbracht hatte. Er hatte keine Erholung erhofft. Keine Wiedererlangung eines vorhergehenden Zustands. Dergleichen gibt es nicht. Er hatte sich nur ein kleines bisschen wohl fühlen wollen. Und sei es nur für eine Viertelstunde. Auf jetzt, es ist Zeit.

Über die ansteigende Straße zum Bahnhof. Wie sagt man für gewöhnlich? Fegte? Ja, fegen ist in Ordnung. Fegte ein starker, ein frischer Wind. Frisch, er erfrischte Paul. Ich erinnere daran, dass es heiß ist. Stark, er bremste seinen Schritt.

Paul hatte Mühe. Mühte sich voran. Ich kann nicht mehr. Ich habe keine Kraft mehr. Macht nichts. Geh trotzdem weiter. Solange du weitergehen kannst, geh weiter. Solange du kannst. Du wirst uns doch nicht hängen lassen. Nicht jetzt schon. Also los, weiter. Es ist nicht weit bis zum Bahnhof. Dann musst du dich nur noch in den Zug setzen. Dich hinlegen, wenn es geht. Vielleicht schlafen.

Er hätte nicht gedacht, dass er sie wiedersehen würde. Er sah Lucie wieder. Nicht in Gedanken. Sie war es tatsächlich. Es traf ihn ins Herz. Er wollte gerade in seinen Zug einsteigen. Sie war gerade aus ihrem Zug ausgestiegen. Eine kurze blinde Begegnung auf benachbarten Bahnsteigen.

Sie war blond mit dunkler Brille. Sie war immer blond gewesen. Lucie ist eine echte Blondine. Im Sommer trug sie fast die ganze Zeit eine dunkle Brille. Anscheinend sind blaue Augen empfindlicher. Sommerlicht tut ihnen weh.

Ganz in helle Farben gekleidet, zog sie einen marineblauen Koffer hinter sich her. Die leichte Asymmetrie im Wiegen ihrer Hüften, die sie immer schon gehabt hatte, wurde mit zunehmendem Alter deutlicher. Das ist schlecht gesagt, aber zutreffend. Solche Kleinigkeiten sind es, die einen berühren. Die einen rühren, weil sie einen an all das gemeinsam verbrachte Leben erinnern. Auch das ist schlecht gesagt. Man könnte es besser sagen.

Schlecht gesagt oder nicht. Paul hatte Lust, seine Frau zu rufen. Rufen. Rufen. Lucie. Verlass mich nicht. Ich habe nicht den Mut. Es ist zu schwer. Ich werde es nicht können. Aber ja doch. Er ließ es sein. Das hätte alles nur noch schwieriger gemacht. Noch schmerzhafter, soweit möglich. Der Schatten deines Lächelns. Denk dran. Sinatra. Er stieg in den Zug.

Wagen 5, Platz 42. Rote und schwarze Inneneinrichtung. Kohlschwarz. Weinrot. Rauchglas. Vorsicht bei der Abfahrt. Ein leises Signal. Flugzeugbauch ohne Flügel. Die Stufen falten sich ein. Los geht's für drei Stunden mit Tempo hundert, zweihundert, dreihundert.

Du sitzt schlecht auf diesem Fenstersitz mit Gegenüber und noch dazu im Gang. Das Abteil daneben ist leer. Der Zug ist abgefahren. Ohne Halt bis. Niemand wird dich stören. Du kannst dich reinsetzen. Deine Schuhe ausziehen. Die Beine ausstrecken. Dann sieht der Kontrolleur deine schönen Socken. Vielleicht schlafen.

4.

Man sieht Leute von hinten, sie gehen unter freiem Himmel und in der prallen Sonne über einen Bahnsteig. Paul ist nicht dabei. Wo ist er? Vielleicht im Zug geblieben. Endstation. Alle steigen aus. Er nicht. Doch. Er ist da. Da ist er. Man sieht ihn.

Auch ihn sieht man von hinten, er geht mit den anderen. Seine Jacke ist am Rücken verknittert. In der prallen Sonne. Ein derartiger Temperaturunterschied zwischen dem klimatisierten Eisenbahnwagen und der Luft draußen auf dem Bahnsteig. Um die zehn Grad. Fast wäre Paul schlecht geworden. Wäre er erstickt. Er bekommt keine Luft mehr, aber es geht. Es wird schon gehen. Er geht weiter.

Sie überqueren die Gleise. Es gibt keine Unterführung. Angst vor der Leere, dem Schwindel. Parallelen, die sich angeblich im Unendlichen treffen. Schienen, Klingen, Linien. Fluchten weiß glühenden Stahls.

Damit hätte er nun gar nicht gerechnet. Er wird erwartet. Auf der anderen Seite der Gleise. Auf dem gegenüberliegenden Bahnsteig. Am Eingang des kleinen überdachten Bahnhofs. Ein Schild. Ein an die Brust gedrücktes Pappschild. Unter dem Kinn eines blonden Jungen. Taxi steht darauf. *Les Flots bleus.* Sind Sie das?

Ja, das bin ich. *Les Flots bleus*, das bin ich. Paul konnte sich nicht erinnern, ein Taxi bestellt zu haben, wurde im Nachhinein von Panik ergriffen. Mist, dachte er, das hab ich total vergessen. Jemand musste es für ihn bestellt haben. Es konnte nur Lucie gewesen sein.

Sie hatte dem Kleinen gesagt. Diesem ganz jungen Spund am Steuer, der sie heute Morgen noch zum Bahnhof gebracht hatte: Und heute Nachmittag kommen Sie wieder und holen meinen Mann ab. Von dem und dem Zug. In Ordnung? Haben Sie das verstanden?

Paul hat entschieden Glück. Schon wieder ein Mercedes. Der gleiche wie die beiden vorigen Male. Oder vielmehr eine andere Ausführung desselben Modells. Diesmal ist es ein Kombi. In hellgelbem Sand. Passend zur verknitterten Jacke. Zur leichten Jacke. Von Pauls Sommeranzug. Beide so elegant, dass sie sich glatt um einen Preis hätten bewerben können. Selbst so zerknautscht, klapperdürr und todkrank blieb Paul ein großer, schlanker, eleganter Mann.

Mal abgesehen von der Rückansicht und der Gesamtfärbung. Und dem diesmal ein wenig gossenjungenhaften Gesicht des Fahrers. War alles wieder da. Die Schönheit, der Komfort. Die Stille, die Stärke. Die Geschmeidigkeit einer Automatik. Ich spreche vom Getriebe. Das sage ich nur für die, die nichts davon verstehen. Die anderen haben schon verstanden. Aber gewiss. Die Klimaanlage nicht zu vergessen. Auch die war wieder da für Paul, als er einstieg.

Ein angenehmer Innenraum. Temperatur und Geruch, beides ideal.

Doch so weit war er noch nicht. Das bin ich, sagte er. *Les Flots bleus*, das bin ich, sagte er zu dem jungen Spund. Gerade im Führerscheinalter. Höchstens achtzehn Jahre. Und wirklich ein bisschen Gosse. Vor allem die Augen. Die Kleidung ging. Weißes T-Shirt, das sich über einem schwellenden Bizeps spannte. Hautenge blaue Röhrenjeans. An den Füßen spiegelblanke schwarze Halbstiefel. Und im blonden Bürstenschnitt die Sonnenbrille.

Fahren wir, sagt er. Kein Gepäck? Unnötig, sagt Paul, fahren wir. Es kann losgehen. Er setzt sich hinters Steuer. Schiebt die Brille wieder auf die Nase. Lässt den Motor an. Man hört ihn kaum. Auf dem Pedal der schwarze Halbstiefel. Der es niedertritt. Es geht los. Kraftvoll und geschmeidig. Paul spürt, wie sein Rücken ins Polster gedrückt wird.

Der Mercedes befreit sich aus dem Bahnhofsparkplatz. Schüttelt Hindernisse ab. Fährt dreimal bei Dunkelgelb durch. Beim dritten Mal war es rot. Ja, rot, dann schießt er auf eine helle, sonnige Straße, die eine grüne Landschaft teilt.

Die Straße war gerade neu geteert worden. In der Mitte und auf den Seiten sehr weiße weiße Linien. Genau das brauchte ich. Nein, ich brauchte es nicht. Vielmehr hatte ich Lust darauf. Eine Lust, die ich lange nicht mehr hatte. Eine vergessene Lust. Auf einer schönen Straße entlangfahren, so weit das Auge reicht und bis zum Horizont dem Meer entgegen. Wissen, dass es immer hinter diesem Horizont liegt.

Sie fahren zu schnell, sagte er. Finden Sie, ich fahre schlecht? Das habe ich nicht gesagt. Ich bitte Sie lediglich, das Tempo zu drosseln. Sie sind der Boss. Er hob den Fuß. Der Zeiger auf dem Tacho senkte sich oder zog sich vielmehr im Kreis von rechts nach links zurück, um auf 90 stehen zu bleiben. Ist es Ihnen so recht? Sehr gut, sagte Paul, danke.

Bei dieser Geschwindigkeit wird es jungen Leuten langweilig. Schlafen sie manchmal sogar ein. Also um der Ablenkung willen, um sich wach zu halten. Er war erst um sechs Uhr morgens von Freunden zurückgekehrt. Schaltete er den CD-Spieler ein.

Es ist zu laut, sagte Paul. Mögen Sie die Musik nicht? Nein, denkt Paul. Das habe ich nicht gesagt, sagte er. Ich bitte Sie lediglich, sie leiser zu stellen. Ist sie zu rhythmisch? Diese Musik ist nicht rhythmisch, sagte Paul. Sie schlägt immer weiter im gleichen Takt. Wie ein Rohling immer weiter auf den Kopf eines toten Gegners eindrischt. Eine rhythmische Musik reflektiert über rhythmische Vielfalt und Komplexität.

Sie scheinen sich auszukennen. Ein wenig, sagte Paul. Sind Sie Musiker? Gelegentlich. Welches Instrument spielen Sie? Alle. Alle? Ja, sagte Paul. Sehen Sie nach vorn.

Der junge Bursche dachte: Ich kann verstehen, dass seine Frau abhaut, sobald er ankommt. Wirklich kein Wunder. Der kann einem bestimmt auf den Senkel gehen. Die

Ferien werden Ihnen gut tun, sagte er. Seien Sie mir nicht böse, aber ich finde, Sie sehen miserabel aus. Ich auch, sagte Paul. Aber ich werd mich erholen. Machen Sie sich keine Gedanken. In der Sonne. Auf der Terrasse. Ich werde baden. Im Meer. Sonnenbaden. Kurz, es mir gut gehen lassen.

Sie haben's gut, sagte der junge Mann. Ich muss arbeiten. Ich springe für meinen Vater ein. Er ist krank. Das kann vorkommen, sagte Paul. An der Kirche rechts. Mitten im Sommer ist die Hauptstraße um diese Zeit sicher sehr voll. Ich weiß, sagte der junge Mann. Ich wohne das ganze Jahr hier. Sehr schön, sagte Paul.

Am Ende der geraden Strecke. Die Letzte. Nach der Tankstelle. So was, keine Shell-Tankstelle mehr. Sondern Total. Konnte man die Kirche sehen. Der Glockenturm ragte aus einer Baumgruppe.

Am Kreisverkehr bog das Taxi ab. Ließ die Kirche links liegen. Ein herrliches Bauwerk aus dem 13. Jahrhundert. Umgeben von Scheinwerfern, die sie nachts in ein violettes Gespenst verwandeln. Zu ihrer Rechten der Supermarkt. Das Gewerbegebiet, dann die Randgebiete. Der weitere Verlauf kurvig und uneben. Der junge Spund fing wieder an, über die Stränge zu schlagen. Paul wurde ein wenig geschüttelt.

Am Ortsausgang. Hinter dem Hafen. An der Ecke vom Hafenamt, sagte er. Nehmen Sie die Küstenstraße. Der Junge: Sie meinen die Straße durch den Wald? Paul: Wie Sie wollen. Küste oder Wald. Ist ja unwichtig. Für mich ist es die Küstenstraße. Die ganze Strecke über Lücken auf der linken Seite. Durchblicke auf Himmel und Meer. Sand oder Felsen. Ein Stückchen Strand oder Klippen. Oder Steilküste, aber zugegeben: Diese Straße führt durch den Wald. Folgen Sie ihr etwa zwei Kilometer, dann sehen Sie die Einmündung eines Privatwegs mit einer weißen Kette davor. Auf jeden Fall sehen Sie dann das Schild, das an den Stamm einer großen Kiefer genagelt ist. Es hat ihr nicht wehgetan. Ihre Borke ist dick. Der Nagel hat sie nicht ins Fleisch getroffen. Auf dem Schild steht: *Les Flots bleus. Privatgrundstück. Zutritt verboten.*

Paul hat das alles nicht gesagt. Er wollte es nur. Er wollte den Jungen weiter führen. Doch ihm fiel ein, dass der den Weg ja kannte, weil er erst am selben Morgen zum Haus gefahren war.

Er hat Lucie abgeholt. Er hat sie in seinem Wagen mitgenommen. In diesem Wagen. Demselben. Hier hat sie gesessen. Wo ich sitze. Auf demselben Platz. Er hat sie zum Bahnhof gebracht. Demselben Bahnhof. Wo ich gerade noch war. Vorsicht. Wieder entgleist sein Gehirn. Alles erklärt sich, wird erkennbar, reiht sich ein. Oder besser, schlimmer noch, vermischt, überlagert sich. Ich vermag Raum und Zeit nicht mehr zu trennen. Alles erscheint zur selben Zeit auf derselben Ebene. Eine Art Schrumpfung, Verlangsamung, Raum-Zeit-Lähmung. In der Musik nennt man das. Man nennt es:

Monsieur? Monsieur? Schlafen Sie? Wachen Sie auf. Wir sind da. Sie also war es, sie hat mir dieses Taxi geschickt. Denk dran, ihr zu danken, wenn sie anruft. Er schlug die

Augen auf: Lassen Sie mich unten am Weg raus, sagte er. Ich geh zu Fuß hoch. Da wären wir, sagte der Junge. Unten an Ihrer Auffahrt. Sie können raufgehen.

Was bin ich Ihnen schuldig? Nichts. Es ist schon bezahlt. Ihre Frau hat die Fahrt bezahlt. Und zwar reichlich, würde ich sagen. Wenn ich so auf den Taxameter gucke. Paul: Woher wussten Sie, dass es meine Frau war? Der junge Mann: Sie hat mir gesagt, Sie seien ihr Mann. Das hat mir gereicht. Stimmt, sagte Paul. Stimmt, das bin ich. Ich bin Ihnen also nichts schuldig. Sind Sie sicher?

Er war sich sicher. Und vor allem hatte er es eilig wegzukommen. Bestimmt eine Verabredung. Keineswegs erstaunlich. Er war hübsch anzusehen. Doch Paul ließ sich Zeit mit dem Aussteigen. Also zog er die Handbremse an. Stieg seinerseits aus. Ging um den Wagen herum und machte Anstalten zu helfen. Danke, sagte Paul, lassen Sie nur, danke, es wird schon gehen.

Die weiße Kette lag auf dem Boden. Lucie hatte sie bei der Abfahrt nicht wieder eingehakt. Wie gewöhnlich. Immer dasselbe. Ich kann es ihr noch so oft sagen. Was soll man machen. Es ist nichts zu machen. Unter diesen Umständen. Wenn man alles offen lässt. Braucht man sich nicht zu wundern, wenn sich Gesindel auf unserem Grundstück breit macht.

Eine ganze um eine rosa karierte Tischdecke versammelte Familie. Auf der Tischdecke verteilt Pappteller, Plastikbecher, Messer und Gabeln, weiße, mit Entchen bedruckte Papierservietten. Mit gelben Enten.

Guten Tag, meine Herrschaften. Entschuldigen Sie, dass ich störe. Sie befinden sich auf einem Privatgrundstück. Das wussten wir nicht, aber wir sind fast fertig. Wir sind schon beim Kaffee. Gib doch mal die Thermoskanne, Chérie. Wir trinken den Kaffee aus, dann packen wir zusammen, versprochen. Georges, vielleicht möchte der Herr auch einen Kaffee. Nein danke, sagt Paul. Kaffee ist mir verboten. Zumindest hätte er es gesagt, wenn. Doch nein. Unter den Kiefern, seinen Kiefern, trifft er niemanden an.

Lucies Kiefern. Es sind vor allem Lucies Kiefern. Groß und nackt recken sie sich zum Himmel. Durch die idealen Abstände sickert sanfte Helle, milchig, eine Art Licht aus Milch mit einer Spur Minze.

Sieh nach vorn. Pass auf, wo du hintrittst. Atme. Geh weiter. Kann nicht mehr. Keine Kraft mehr. Keine Luft. Trotzdem, weiter. Du bist fast da. Gib dir Mühe. Ja, weiter so. Noch ein bisschen. Nur Mut. Du brauchst nur noch das Stückchen Weg hinauf.

Ein breiter Weg. Eine Art Allee. Ein Wagen würde durchpassen. Der Boden gelb und braun. Erde und Sand. Mit vertrockneten Nadeln übersät, die unter den Sohlen brechen. Und alles riecht gut nach Harz. Halsbonbons. Die gute alte Zeit, als ich nur Halsschmerzen hatte. Er stolperte über eine hervorstehende Wurzel. Der Weg ist verseucht davon.

Geh noch das Stückchen Weg rauf und mach das Haus auf. Lucie wusste, dass du kommen würdest. Sie hat die Fensterläden nicht geschlossen. Nur die Fenster und die Türen verriegelt. Danach kannst du dich hinlegen, wo du willst. Auf der Terrasse. Warum nicht. Oder im Schlafzimmer. Oder im Wohnzimmer aufs Sofa. Oder auf die Liege vor dem großen Fenster. Du hast die Wahl.

Er fand die Schlüssel am gewohnten Platz. Im Mäuerchen an der Garage. Unter einem Ziegelstein. Oder vielmehr dahinter. Sechste Reihe von unten. Dritter Ziegelstein von rechts. Niemand würde dort Schlüssel vermuten. Der Stein ist hohl und steht nicht mehr vor, sobald man ihn an seinen Platz gelegt hat. Die Mauer ist glatt. Ein sicheres Versteck. Dort wurden die Schlüssel schon immer versteckt. Aha. Na und?

Nichts weiter. Nur so als Erinnerung. So hielten es schon die Eltern. Lucies Eltern lebten noch. Sie verbrachten den Winter in Paris. Einen langen Winter. Von Oktober bis Mai. Lucie und Paul nutzten ihn. Sie liebten die so genannte tote Jahreszeit. Die kalte. Die schlechte. Die windige. Die ganze Nacht über heulten die Sturmfluten und Unwetter. Im Bett ist es schön warm, wenn man sich eng aneinander schmiegt. Sie waren jung. Gerade verheiratet. Sie kamen und besuchten das Meer. Das Meer erwartete sie.

Man brauchte nur ins Haus zu gehen. Die Fenstertüren öffnen. Da war das Meer. Was Paul tat. Er ging hinein. Machte alles auf. Überall.

5.

Das Meer ist der Ozean, den man jetzt hört. In voller Lautstärke. Das grelle Licht macht diesen Lärm nur noch betäubender. Nein, das ist kein Lärm. Und er ist nicht betäubend. Das ist das Geräusch der Wellen bei Flut. Hohe, vom Wind aufgetürmte Wellen. Sie lassen sich fallen. Sacken herunter wie das, was sie sind. Große Meerwasserhaufen. Ohne jede Eleganz zerplatzen sie auf dem Sand. Nichts daran ist ungewöhnlich. Es liegt an Pauls Sinnen. Sie sind zu empfindlich geworden. Vor allem das Gehör und die Augen.

Seine Augen haben gerade die Blitze der Sonne abbekommen. Mit voller Wucht. Zu dieser Zeit steht sie ihm genau ins Gesicht. Sobald er die Fenstertür geöffnet hat. Doch dann die Luft des Meeres, der hohen See. Der Geruch, diese kräftig-laue Frische. Welch eine Lust, eine solche Luft zu atmen. Die einen daran erinnert, welche Lust es ist zu atmen.

Auch Sehen ist eine Lust. Die Farben des Strands. Doch im Augenblick tun ihm die Augen weh. Also wendet er sich von der Sonne ab und macht einige Schritte in den Raum hinein. Und während er sich dem Sofa nähert, schält er sich aus seiner Jacke. Wirft sie aufs Sofa und blickt hinunter auf den niedrigen Tisch. Ein Brief für ihn. Von Lucie.

Paul sitzt auf dem Sofa, und während er den Brief öffnet, geraten ihm zwei Dinge in den Blick. Erstens eine kleine weiße Wolke, die gerade auf dem himmelblauen Feld im Rahmen der Fenstertür aufgetaucht ist. Zweitens der Flügel. Er steht noch offen. Auf dem Notenhalter ein Stück von Brahms. Die Noten der *Intermezzi* mit Anmerkungen von Lucies Hand.

Lucie war eine hervorragende Pianistin. Sie war es, die die drei von ihrem Mann komponierten Sonaten uraufführte und dann auf Platte einspielte.

Unter anderem Bewegtes. Sanftes und Zärtliches. Worte der Liebe. Kosenamen und private Anspielungen, die uns nichts angehen. Sie sagte ihm Folgendes:

Der Kühlschrank ist voll. Tu mir den Gefallen. Versuch zu essen. Ich bin sicher, du hast seit Gott weiß wann nichts mehr zu dir genommen. Ich habe die Rundfunkübertragung des Konzerts aufgenommen. Wenn du es hören willst. Die Kassette ist zurückgespult. Ich hab sie im Recorder der Anlage gelassen. Verlass mich nicht so. Ruf mich an. Sag mir, wie weit es ist. In welchem Zustand du bist. Sie streicht die letzten Sätze durch. Will nicht, dass Paul diese durchgestrichenen Sätze sieht. Zerknüllt das Blatt. Wirft es weg. Nimmt ein neues. Fängt neu an und sagt, als sie wieder an der Stelle der Streichung ankommt: Ruf mich an, wenn du willst. Sag mir, wie es dir geht.

Sie war aufbruchsbereit. Sie faltete den Bogen zusammen. Schob ihn in einen weißen Umschlag, den sie auf den niedrigen Tisch legte. Es war Zeit. Im selben Augenblick hörte sie das Taxi hupen.

Paul faltete Lucies Brief wieder zusammen. Schob ihn zurück in den Umschlag. Legte ihn auf den Tisch und stand auf. Das Licht war nicht mehr schmerzhaft. Jetzt wirkte es eher verlockend. Er hatte Lust hinauszusehen. Bewegte sich in seine Richtung. Näherte sich dabei der Fenstertür.

Er machte einen Schritt über die Schwelle und setzte den Fuß auf die Terrasse, die ganz und gar der Sonne ausgesetzt war. Und dem Wind, der alle möglichen Gerüche und vor allem Kindergeschrei herantrug. Gerüche nach Sonnenmilch, Algen, Jod, heißen Apfelbeignets. Überspitzes Schreien wie das der Schwalben, wenn ein Unwetter naht. Es nahte. Nach und nach änderte sich das Wetter. Die kleine weiße Wolke, eben noch ein von Paul erblickter Solitär, hatte Gefährten gefunden, und gemeinsam zogen sie nun als Karawane in die Ferne.

Die in diesem Jahr besonders herrlichen blauen Hortensien nahmen schon für sich allein die linke Hälfte der gar nicht so kleinen, von einem weißen Geländer eingefassten Terrasse ein. Paul trat zu ihnen, um sie zu berühren. Streichelte ihren Samt. Blütendolden, so hoch wie er. Dennoch war noch ein wenig Platz für einige Callas und eine dicke Schilfstaude.

Die rechte Seite war den Mahlzeiten vorbehalten. Der Muße. Eine Garten-Sitzgruppe. Runder Tisch mit Stuhl.

Großer beige bespannter Sonnenschirm. Zwei Liegestühle, die Polster blau mit weißen Streifen, oder umgekehrt.

Zwischen den beiden Liegestühlen lag noch ein Buch auf dem Boden, einer Mischung aus Sand und kurzem Gras. Es lag einfach so da, nicht zugeklappt, sondern offen und auf dem Gesicht. Dem Titel nach handelte es von einem denkwürdigen Abend in einem Nachtclub.

Lucie hatte es vergessen. Sie hatte nichts weggeräumt. Nichts zusammengeklappt. Weil sie wusste, dass Paul kommen würde. Sie hatte alles stehen und liegen gelassen. Die Lektüre unterbrochen. Das Buch einfach auf den Boden gelegt. Mit dem Text zur Erde. Sie hatte nicht nur das vergessen.

Mitten über die Terrasse führte ein Steinpfad zu einem weißen Pförtchen. Dahinter begann die Treppe hinunter zum Strand. Paul öffnete es nicht. Er blieb davor stehen, dann ging er am Geländer entlang. Er hatte einfach nur Lust, auf die blauen und weißen Wellen zu schauen, die schreienden Kinder darin, die schwatzenden Eltern.

Ich weiß nicht mehr, welcher Schriftsteller gesagt hat, die sich am Strand aalenden Leute, oder auch nicht sich aalenden, sondern sitzenden oder liegenden Leute, sähen aus, als warteten sie auf den Tod. Der vielleicht vom Meer her kommen soll. Paul dachte das nicht. Jedenfalls nicht so. Man denkt anders, wenn es für einen selbst nicht einmal mehr eine Frage der Zeit ist.

Er ließ seinen Blick über das Halbrund gleiten. Von einem Ende des Strands zum anderen.

Als er am äußersten rechten Punkt angelangt war, dort, wo die Felsküste beginnt, fiel sein Blick auf einen hellgrauen Fleck. Der sich gut vom Dunkelgelb des feuchten Sandes abhob. Neben einem schwarzen Felsen. Ein wunderbarer Farbzusammenklang. Zufall oder einfach nur, damit es schön aussah.

Keineswegs Zufall. Keineswegs, damit es schön aussah. Es fand sich so. War dort vergessen worden. Nicht irgendein Grau. Ein eher ungewöhnliches Hellgrau. Vielleicht sogar einzigartig. Lucie hatte ein Gespür für seltene Farbtöne. Pauls Herz begann schneller zu schlagen. Ein Morgenmantel oder Bademantel. Er gehört Lucie. Da bin ich sicher. Sie ist schwimmen gegangen, bevor sie abreiste. Und als sie aus dem Wasser kam, sicher war es schon spät, oder wegen der Leute, der zu vielen Leute, und es ist ja auch so heiß, sie wird ihn vergessen haben.

Ihn holen. Zurückholen. Wiederbringen. War das so wichtig? Für Paul schon. Daher sein zu heftiger Herzschlag beim Gedanken, die Pforte zu öffnen. Die Treppen hinabzusteigen. Vollständig angezogen durch den Sand zu gehen. In Straßenkleidung zwischen all den fast nackt dasitzenden oder ausgestreckten Leuten. Sich sehen, anschauen, bemerken, mit Blicken fragen zu lassen. Und doch wird er es tun. Sein Entschluss steht fest.

Er öffnet die Pforte. Tritt auf die Treppe. Beginnt hinabzusteigen. Es sind nur wenige Stufen. Paul hat weiche Knie. Seine Beine zittern. Auf der letzten, halb im Sand versunkenen Stufe sitzen zwei Männer.

Sie sind Schwäger. Sie haben die Arme vor dem nackten Oberkörper verschränkt und reden über die Arbeit. Informatik und befristete Verträge. Sie langweilen sich zu Tode. Wollen möglichst rasch zurück zur Arbeit, ihre Frauen jedoch.

Sie sind Schwestern. Sie sitzen ein Stückchen weiter unten barbusig im Sand und unterhalten sich über Arbeitslosigkeit und Kinderkrippen. Tagesmütter und Horte, Beihilfen. Die Kinder vor ihren Augen werfen sich Sand in die Haare, in die Augen, und Paul.

Er ist hinter den gebräunten Rücken der jungen Männer stehen geblieben. Er kann nicht vorbei. Er hat schon zweimal Pardon gesagt. Verzeihen Sie bitte. Die Männer hören nichts. Da bückt sich Paul und tippt dem linken auf die warme Schulter. Der dreht sich um und hebt den Blick. Fragend blickt er Paul an: Ich möchte vorbei, sagt Paul, wenn Sie erlauben.

Die beiden jungen Männer sehen sich an. Sehen dann Paul an. Rücken schließlich auseinander und fragen sich, was ein Typ wie der, so aristokratisch und distinguiert, vollständig angezogen in Straßenkleidung und mit Schuhen an den Füßen, am Strand zu suchen haben mag. Überlegt nicht weiter, Jungs. Das ist zu hoch für euch. Macht Platz. Mehr wird nicht verlangt.

Sobald Paul vorbei ist, rücken sie wieder dicht zusammen, nehmen ihr Gespräch jedoch nicht wieder auf. Er beschäftigt sie. Verwirrt sie vielleicht. Ja, das ist möglich. Dieser Mann, sagen sie sich, so ein Mann muss in der Vergangenheit. Ja, vielleicht. Sie sehen dem sich entfernenden Paul nach. Pauls Rücken. Dem weißen Hemd. Der verknitterten Hose. Den Schuhen, die in den Sand sinken.

Langsam wankte Paul über den abschüssigen Strand. Hinunter zum Wasser. Der instabile Sand, der starke Wind, seine nicht mehr überwindliche Schwäche machten seinen Gang ungeschickt, unbeholfen, zögerlich, unentschlossen, ungenau. Sein Wunsch jedoch, sein Wunsch, zu dem Stück Stoff zu gelangen, zur Farbe, zu dem sehr seltenen Hellgrau, war eindeutig und stark.

Er erreichte den groben, den harten Sand ganz dicht am Wasser, die Wellenausläufer leckten an seinen Schuhspitzen. An der schaumigen Linie entlang ging er bis zu dem schwarzen Felsen. Der hellgraue, auf dem dunkelgelben Sand ausgebreitete Bademantel. Ein in den Zufall und die Schönheit verliebter Geist musste ihn dorthin gelegt haben.

Er bückte sich, um ihn aufzuheben. Hob ihn auf, hielt ihn nah ans Gesicht und sog seinen Geruch ein. Er roch nach nichts. Er roch nach Sonne. Nach sonnengetränktem Stoff. Ein warmer Geruch, der nach und nach. Paul atmete ihn noch dreimal ein. Drei lange, tiefe Male. Der nach und nach die Anwesenheit einer abwesenden Frau verriet. Die Abwesenheit seiner Frau.

6.

Sie kommt aus dem Wasser. Sie ist außer Atem. Sie ist lange geschwommen. Sie gehört zu diesen Frauen, die weit hinaus und lange schwimmen. Sie ist schlank, groß, sie trieft. Athletisch, nein, nicht besonders. Eigentlich gar nicht. Sie hat nichts von einer Sportlerin. Ihre Beine sind lang, die Arme schmal, sie ist schön. Nicht nach Art eines hübschen Mädchens. Sie ist eine schöne Frau.

Bei den gelegentlich auftretenden Strömungen und wenn man weit draußen schwimmt. Wird man unter Umständen abgetrieben. Die von Buhnen unterteilten Strandabschnitte ähneln sich alle. Die Umrisse der Ferienhäuser im Hintergrund sind alle mehr oder minder gleich. Die einzige Möglichkeit sich zu vergewissern, dass man sich nicht verirrt hat, die beste. Ist immer noch, die Leute wiederzuerkennen, die man als Strandnachbarn hatte.

Die Schwimmerin hatte keine Nachbarschaft. Sie hat ihren Wagen an einem Weg abgestellt. Hinter der Düne, und in ihrem Bademantel in seltenem Grau ist sie direkt ans Wasser gegangen. Sie hat sich besagten Bademantels entledigt. Ihn neben einem schwarzen Felsen auf den gelben

Sand gelegt. Dann hat man sie laufen und in die Wellen eintauchen sehen. Wer hat sie gesehen? Eine Dame.

Sie streicht sich das nasse Haar glatt. Sie hat keine Hemmungen, mit dem Kopf unter Wasser zu schwimmen. Schüttelt das Wasser von den Händen. Packt ihre Nase. Schneuzt sich das Salzwasser aus der Nase. Ihr Bademantel ist weg, doch sie ist sicher, am richtigen Strandstück an Land gegangen zu sein.

Sie zieht an ihrem Badeanzug, der nicht richtig über den Po reicht. Sie hasst das. Einem einteiligen schwarzen Badeanzug. Sie denkt nach. Sieht die Leute an. Sucht. Diese Dame da zum Beispiel. Hinten rechts. Nah am Wasser, wegen der Kühle. Die Schwimmerin erinnert sich an sie. Hatte ihr vorhin kaum Beachtung geschenkt. Aber immerhin einen Blick auf sie geworfen, bevor sie sich ins Wasser stürzte. Gehen wir hin und fragen wir sie. Sie nähert sich ihr. Bleibt vor ihr stehen. Sagt guten Tag. Entschuldigt sich dafür, sie zu stören. Denn sie ist beschäftigt.

Es handelt sich um eine dicke Dame, sie sitzt unter einem Sonnenschirm oder eher -schirmchen. Sie strickt ihrem ältesten Sohn einen Pulli mit Muster. Und ist fast fertig mit dem Vorderteil. Sie strickt die Reihe ab. Voilà, es ist geschafft. Sie legt das Strickzeug auf die Knie. Streicht es mit der flachen Hand glatt. Bügelt es ein bisschen. Um zu sehen, wie es geworden ist. Wie es werden wird. Nicht schlecht. Es wird sogar sehr gut. Schön wird er aussehen, mein Junge in meinem schönen Pullover.

Sie rückt ihren Klappstuhl für ihr Kreuz zurecht. Blickt

zur Schwimmerin auf und sagt: Ich habe Sie gehört, aber ich konnte nicht antworten. Es ist eine sehr heikle Arbeit. Der kleinste Fehler, und. Ich habe keine Lust, noch einmal von vorn anzufangen. Und Sie, stricken Sie auch?

Ich konnte es, früher, sagt die Schwimmerin, aber. Ja, sagt die Dame, aber darum geht es nicht, also, ich nehme an: Sie wollten mich etwas fragen? Die Schwimmerin: Ja, es ist nämlich so. Ich habe meinen Bademantel am Strand liegen lassen, dort, neben den Felsen. Ich bin schwimmen gegangen, ich komme zurück, und er ist nicht mehr da. Jemand muss ihn mir weggenommen haben. Haben Sie nichts gesehen?

Doch, sagt die Dame. Alles. Ich habe alles gesehen. Erst Sie. Ich habe Sie in Ihrem grauen Bademantel ankommen sehen. Ein hübsches Grau. Ich habe es schick gefunden, ich meine, elegant. Ich habe gesehen, wie Sie ihn auszogen und neben den Felsen auf den Sand legten. Voilà, das ist mal eine schöne Frau, habe ich gedacht, und ich habe Sie in Ihrem schwarzen Badeanzug über den Strand laufen und in die Wellen eintauchen sehen. Sie sind lange weggeblieben.

Ja, kann sein, sagt die Schwimmerin, aber dann, danach, was haben Sie da gesehen?

Einen Mann, sagt die Dame. Einen anständigen Mann. Mir schien, es war ein anständiger Mann. Groß und mager. Übrigens ein wenig zu mager, finde ich. In jedem Fall sehr elegant. Er war angezogen. Er trug Straßenkleidung. Ich dachte, er passt gut zu Ihnen. Und deshalb habe ich nicht reagiert. Ich dachte, er wäre Ihr Mann. Der den Bademantel holte, weil Sie ihn vergessen hatten. Das war ja schließlich möglich. Ich hätte sehr gut den Moment verpasst haben können, in dem Sie aus dem Wasser kamen. Ich muss auf die Kinder aufpassen. Und auf mein Strickzeug.

Ich verstehe, sagt die Schwimmerin. Und dann? Was hat er getan?

Nichts Ungewöhnliches. Das heißt doch. Er wirkte seltsam. Er konnte sich kaum auf den Beinen halten. Einen Augenblick lang fragte ich mich sogar, ob er nicht vielleicht sturzbetrunken wäre. Aber auch das kann vorkommen, das ist nicht weiter schlimm. Viel mehr beunruhigte mich, dass er Ihren Bademantel, nachdem er ihn vom Boden aufgehoben hatte, ans Gesicht drückte und eine ganze Weile so stehen blieb und dabei einatmete. Da dachte ich, er sei krank. Aber krank im Sinne von. Na ja, Sie wissen schon.

Eigentlich nicht so genau, sagt die Schwimmerin, aber ist ja unwichtig. Und dann? Was hat er gemacht?

Nichts Besonderes. Er hat sich den Bademantel über den Arm gelegt und ist sehr würdevoll zurückgegangen. Zurück? Wohin? Nach Hause. Was heißt das, nach Hause? In sein Haus. Welches Haus? Das Haus da oben. Gleich hinter Ihnen. Die Schwimmerin wandte sich um.

Aha, gut, dann brauch ich wohl nur hinzugehen. Wenn ich ihn zurückhaben will. Ich könnte ihm den Bademantel überlassen, aber ich hänge dran. Ich beeile mich lieber. Danke jedenfalls.

Die Dame: Er ist in Ordnung, glaube ich. Ärgern Sie

sich nicht. Es ist gewiss ein Missverständnis. Dieser Mann ist kein Dieb.

Ob Missverständnis oder nicht, es ist ärgerlich. Ein Dieb, nein, das sicher nicht, aber ärgerlich ist es trotzdem. Bei diesem Menschen, den ich noch nicht einmal kenne, klingeln zu müssen. Und all das nur, weil. Kurzum, dachte sie. Ich muss hin. Ich habe keine andere Wahl.

Und klingeln, wo überhaupt? Ist mir nicht klar. Ich werd die Treppe raufgehen. Das passt mir überhaupt nicht. Es ist mir peinlich, aber was soll's. Ich muss hin, dachte sie, als sie durch den Sand ging. Unter den allgemeinen Blicken den Strand hinaufging. In ihrem nassen schwarzen Badeanzug. Die Sonne begann sich zu verstecken. Die Wolken hatten sich nach und nach zum Angriff formiert. Das Wetter schlug um.

Auf der ersten, halb im Sand versunkenen Stufe saßen zwei Männer mit nacktem Oberkörper, die Arme verschränkt. Sie schwatzten. Das Schwatzen verstummte, als sie sahen, dass diese schöne Frau, die sich zwischen den Badegästen hindurchschlängelte, jetzt genau auf sie zukam.

Sie ist nicht übel, dachte der links Sitzende. Sie sieht sogar gut aus. Sogar sehr gut. Siehst du auch, was ich sehe?, fragte er seinen Nachbarn. Ja, sagte der andere. Sie will zu uns. Glaubst du? Sie sieht wütend aus. Als wollte sie uns anschreien. Tatsächlich, na, so was. Du hast Recht. Aber ich wüsste nicht, warum. Nein, ich glaube eher, sie hat ein Problem. Sie sucht Hilfe. Einen starken Mann. Sie hat den Blick einer Hilfsbedürftigen, sie will uns fragen, ob wir ihr helfen können. Ich sag's dir. Du wirst schon sehen. Mach dich bereit zum Aufstehen. Aber sachte. Lass sie reden.

Pardon, sagt sie. Ich möchte bitte vorbei. Entschuldigen Sie die Störung.

Aber bitte. Es ist ja erst das dritte Mal. Eben ist schon der Typ mit seinem Bademantel über dem Arm zurückgekommen und hat uns noch mal gestört. Das war das zweite Mal. Nur wegen so was. Und jetzt sie.

Sie ist bestimmt seine Frau. Sie sieht besser aus als er. Findest du nicht? Als wolle er sagen, der habe sie nicht verdient. Nein, sagte der andere, finde ich nicht. Sie ist jünger als er, das sieht man, aber er sieht genauso gut aus wie sie. Ich würde sogar sagen, sie passen sehr gut zusammen. Nicht wie wir mit unseren Schwestern. Sieh sie dir an. Sind sie nicht reizend?

Beide feixten und wandten sich dann um, um einen Blick auf den Hintern der Schwimmerin zu werfen. Sie war gerade auf den obersten Stufen angekommen. Sie fanden ihn ein wenig flach, aber insgesamt eher gut. Einer der beiden dachte sogar. Ich weiß nicht, welcher. Dass Paul ganz schön Glück habe, eine Frau wie diese ganz für sich allein zu haben.

Sie trat nun mit bloßen Füßen auf die Terrasse. Folgte den Steinen des Wegs in der Mitte. Großen, flachen, dunkelgrauen Steinen. Vielleicht Schiefer. Sanft und warm unter den Sohlen ihrer gebräunten Füße. Ihre Nägel sind nicht lackiert. Nicht knallrot angestrichen. Sie sind weiß, hier und da rosa angelaufen. So in etwa blutrosa. Rau vom Salz. Zwischen den noch feuchten Zehen Sand.

Für uns befanden sich die Hortensien eben noch links. Für sie sind sie rechts. Unter dem Licht des sich verändernden Himmels hat sich ihr Blau vertieft. Sie sieht sie. Genauso wie die Gartenmöbel links. Den großen naturfarbenen Sonnenschirm. Sie sieht sogar das Buch, das mit dem Gesicht zum Boden zwischen den beiden Liegestühlen liegt. All das sieht sie, doch die Gefühlsbewegung. Eine unklare Angst, eine gewisse Furcht verwehrt ihr das Vergnügen, mit dem Blick darauf zu verweilen. Sie geht weiter. Und am Ende des Wegs ist diese große, weit offene Fenstertür.

Geschlossen wäre sie ihr lieber gewesen. An eine geschlossene Tür kann man klopfen. Woran soll man klopfen, wenn sie offen ist? An die Zarge. Eine andere Möglichkeit sehe ich nicht. Mit dem gekrümmten Gelenk ihres Zeigefingers. Schlug sie gegen den Holzpfosten. Mit lächerlichem Ergebnis. Die Laute waren nicht zu hören. Nicht einmal sie selbst hörte sie. Sie spürte nur den Schmerz in ihrem Finger.

Wagte bislang nicht. Entschloss sich. Sie trat über die Schwelle. Dann, mit einem Fuß drinnen. Drehte sie sich nach links und klopfte gegen die Scheibe. Das wirkt besser.

Es wirkte besser, und bei dem Gedanken, man habe sie gehört, bekam sie Angst. Sie war mit dem rechten Fuß und der Hälfte des Körpers im Haus. Das gehört sich nicht. Sie wich zurück, trat dabei erneut über die Schwelle und wartete. Einen Augenblick. Nicht lange.

Gut. Witzlos, länger zu warten. Offensichtlich hat man

mich nicht gehört. Ich weiß, was ich noch tun kann. Jetzt bleibt nur noch die Stimme. Rufen. Fragen, ob mich jemand hört. Ob jemand da ist. Sie rief:

Monsieur? Monsieur? Hören Sie mich? Monsieur? Sind Sie da? Fand ihre Rufe ein bisschen zu persönlich. Schließlich kenne ich ihn nicht. Verfiel auf etwas Neutrales, herrlich Unbestimmtes: Ist da jemand? Zweimal: Ist da jemand?

7.

Ja doch. Deshalb braucht man doch nicht so herumzuschreien. Natürlich ist jemand da. Was glauben Sie denn? Paul war da. Was von ihm übrig war. Der sich fragte, ob er es heute oder morgen tun würde. Oder noch ein wenig warten würde. Die Frist lief ab. Sie war sogar deutlich abgelaufen. Denn. Denn was? Um eine Woche überschritten. Vielleicht zwei. Die Zeit, die ihm. Bemessen war, so sagt man. Die Zeit, die man ihm versprochen hatte. Nun ja. Ein bisschen mehr oder weniger. Das sehen wir morgen. Wenn ich so lange durchhalte. Solange ich durchhalte, würd ich gern noch etwas davon haben. Wovon? Von heute.

Er war oben in seinem Schlafzimmer. Nein, er war nicht in seinem Schlafzimmer. Oben, aber nicht in seinem Schlafzimmer. Er war im Badezimmer. Er schüttelte den Sand aus seinen Schuhen. Hübschen Sommerschuhen. Die Absätze. Er sah es, als er sie zum Ausschütteln umdrehte. Begannen sich abzunutzen. Ich werd sie zum Schuster bringen müssen. Sie sind zu schade zum Wegwerfen. Ich mag sie gern. Ich fühle mich wohl darin. Und da beginnt er zu weinen.

Er hatte sehr viel Kraft aufgewandt, um die Treppe hinaufzusteigen. Er hätte es, das Ausleeren der Schuhe, auch unten im Wohnzimmer erledigen können. Auf den Teppich unterm Sofa, doch nein. Lucie hasste solche Schweinereien. Er musste sie auf jeden Fall hinauf, diese Treppe. Um ins Badezimmer zu gelangen. Denn dort wollte er Lucies Bademantel aufhängen, dort war sein Platz. Gewiss, er hätte ihn unten aufs maulwurfsgraue Sofa legen können. Seltenes Grau auf Maulwurfsgrau. Das hätte hübsch ausgesehen, doch nein. Lucie hasste es, wenn Kleidungsstücke herumlagen.

Er stieg also hinauf in den ersten Stock und nutzte die Gelegenheit, den Sand loszuwerden, den er in den Schuhen hatte. Und in den Socken. Und zwischen den Zehen. Duschte sich die Füße mit kaltem Wasser ab. Das tut gut. Ich erinnere daran, dass es sehr heiß war. Und immer schwüler wurde. Das Wetter schlug um. Oder es lag an ihm. Seinen Atembeschwerden. Gewiss, aber nicht nur. Das Barometer fiel.

Und just als er den Kaltwasserhahn zudrehte. So dass man das Regengeräusch nicht mehr hörte, dieses Geräusch von in der Duschtasse aufprallenden Wassertropfen, dieses Prasseln. Vernahm er dort oben den dümmlichen Ruf von unten: Ist da jemand?

Er verließ das Badezimmer. Er war barfuß. Ging die Treppe hinunter. Er klammerte sich ans Geländer. Hörte wieder den Ruf, der nach jemandem fragte. Ob da jemand sei. Was für ihn hieß: Sind Sie da? Ja, ja, sagte er. Ich bin da. Einen Moment bitte. Ich komme herunter.

Unten an der Treppe eine Säule. Sie trägt nichts. Sie steht da, um hübsch auszusehen. Paul lehnte sich gegen sie. Er hätte sich gern aufs Sofa gesetzt, aber da war diese Frau. Und Hinsetzen ist nicht das, was man beim Empfang eines Gastes als Erstes tut. Es sei denn, man ist Herrscher. Und Paul herrschte über nichts. Herrschte nicht mal über nichts. War in keiner Weise Herrscher.

Er blieb also stehen. An die Säule gelehnt. Betrachtete diese große schöne Frau im Badeanzug. Im Rahmen der Fenstertür vor dem sich ständig verändernden Himmel. Er war entzückt, sie zu sehen. Zwang sich dennoch, sich von einer unangenehmen Seite zu zeigen. Man weiß nie. Oder vielmehr doch, man weiß. Man weiß es sofort.

Was machen Sie hier?, fragte er. Was sind das für Manieren? Wer hat Ihnen erlaubt hereinzukommen? Niemand, sagte die Schwimmerin. Übrigens bin ich nicht hereingekommen. Sehen Sie selbst. Ich habe keinen Fuß ins Haus gesetzt. Ich habe nur geklopft. Und da Sie mich nicht hörten, habe ich gerufen.

Paul: Aber Sie sind auf der Terrasse. Das ist ein Privatgrundstück. Wussten Sie das nicht? Nun ja, egal, sagte er. Sie sind bis hierher gekommen, ohne dass man Sie darum gebeten hätte, und haben gerufen. Wen? Warum? Entschuldigen Sie. Ich kann mich nicht mehr aufrecht halten. Ich muss mich setzen.

Er ließ sich aufs Sofa fallen. Fühlte sich natürlich unbehaglich, weil er vor dieser entfernt stehenden Frau saß. Er bat sie hereinzukommen: Bitte kommen Sie herein. Dann, sich zu ihm zu setzen: So können wir besser miteinander reden. Die Schwimmerin trat näher, wollte aber nicht Platz nehmen.

Ich bin nicht zum Reden gekommen, sagte sie. Ja, sagte Paul, ja, stimmt, übrigens: Weshalb sind Sie gekommen? Sie kommen in jedem Fall zu spät. Die Schwimmerin: Haben Sie ihn weggeworfen? Weggeworfen, was?, fragte Paul. Die Schwimmerin: Haben Sie ihn nicht mehr? Was?, fragte Paul. Was habe ich nicht mehr? Die Schwimmerin: Meinen Bademantel. Paul: Welchen Bademantel? Sie: Den, den Sie mir, sicherlich unabsichtlich, am Strand stibitzt haben.

Ach, das ist es, sagte Paul. Das also. Sie kommt nicht meinetwegen, sagte er sich. Oh nein, meine Liebe, bedaure. Dieser Bademantel gehört meiner Frau. Sie: Das sollte mich wundern. Das sollte mich sehr wundern. Ich bezweifle jedoch nicht, dass Ihre Frau den gleichen besitzt. Obwohl mich auch das wundern sollte. Wo hat sie ihn gekauft? Paul seufzte: Soll ich antworten oder nicht, fragte er sich. Wo in aller Welt mag Lucie das gute Stück gekauft haben? Er improvisierte:

Bei Tamsen & Grieg, glaube ich, sagte er. Da kauft sie ihre Kleider schon immer. Die Schwimmerin: Ich auch. Aber nicht schon immer. Sagen wir, seit langem. Einer gewissen Zeit. Seit. Ihre Augen geraten ins Träumen. Ihre Stimme schwankt. Sie wird vielleicht brechen. Woran denkt sie?

Doch sie reagierte, der Redefluss ging weiter, beschleunigte sich: Auf jeden Fall gehört dieser Bademantel mir, sagte sie. Und ich kann es beweisen. Ich habe einen Zeugen. Ach ja?, fragte Paul. Red nur, dachte er. Solange du redest, bleibst du da. Und solange du da bist, darf ich denken, dass du meinetwegen da bist. Übrigens liebe ich dich bereits. Es ist zu spät, aber ich liebe sie bereits. Warum, ist unwichtig. Hypersensibilität. Hypersonstwas. Hypertrophie des Herzens. Man mag es nennen, wie man will. Oder einen sechsten Sinn. Den Dringlichkeitssinn. Wie auch immer. Das könnte wehtun. Ganz sicher. Es wird wehtun. Ganz einfach, es tut bereits weh. Versuch nicht auszuweichen. Dieser Schmerz ist der schönste. Sprich weiter:

Einen Zeugen, sagte er. Was für einen Zeugen? Die Schwimmerin: Eine Dame. Eine Mutter mit Kindern. Vertrauenswürdig. Sie hat gesehen, wie ich den Bademantel am Strand neben den Felsen abgelegt habe, bevor ich schwimmen ging. Danach hat sie Sie gesehen, Sie, wie Sie darauf zugingen, ihn aufhoben und wegtrugen. Was wollen Sie mehr? Glauben Sie, ich hätte es gewagt, bei Ihnen einzudringen, halb nackt bei Ihnen aufzutauchen, wenn der geringste Zweifel bestünde?

Sie haben gut daran getan, sagte Paul, und dann: Sie haben vor allem gut daran getan, rasch zu kommen. Sie: Warum sagen Sie das? Er: Weil ich eigentlich tot sein müsste. Sie: Wer hat das gesagt? Er: Die Ärzte. Sie: Wann haben sie Ihnen das gesagt? Er: Vor etwas mehr als drei Monaten. Sie: Wie viel Zeit haben sie Ihnen gegeben? Er: Raten Sie. Sie: Ja, natürlich, ist doch klar, bitte entschuldigen Sie, ich bin wirklich blöd. Paul: Ja, das heißt nein, kurzum, nur keine Rührseligkeit. Sagen Sie mir, wie Sie heißen, und dann gehen Sie.

Die Schwimmerin: Ich heiße Deborah Nardis. Paul: Und Ihr Akzent? Woher kommt der? Sie: Aus dem tiefsten Nebraska. Er: Sehr schön. Und jetzt ab durch die Mitte. Ich nehme an, Sie werden erwartet. Von Ihrem Mann? Sie: Ja, aber. Er: Was aber? Sie: Und mein Bademantel?

Ja, natürlich, sagte Paul, Verzeihung, den habe ich vergessen. Ich hole ihn Ihnen. Oder vielmehr nein. Ich bin sehr müde. Ich bitte Sie, ihn selbst zu holen. Würden Sie das tun? Er hängt im Badezimmer. Sie gehen die Treppe hinauf. Dann links in den Gang. Die erste Tür rechts.

Sie begann die Treppe hinaufzusteigen. Er hatte Lust. Sich umzudrehen. Um sie anzuschauen. Ihre Beine. Ihren hübschen Rücken. Hielt sich zurück. Zügelte sich: Finden Sie ihn? Ja, rief sie. Ich hab ihn.

Sie kam mit dem Bademantel wieder herunter. Blieb neben Paul stehen. Wollte ihm gewiss sagen. Noch etwas sagen. Ein Wort des Beileids. Des Beistands. Ich weiß auch nicht. Geduld und Zuversicht. Oder, es ist nicht alles verloren. Irgendwas in der Art. Oder, nichts ist je verloren.

Jetzt aber los, sagte Paul. Beeilen Sie sich. Mir scheint, es fängt bald an zu regnen. Sie verschwand, wie sie vor ihm aufgetaucht war. An ihrer Stelle sah Paul nun im Rahmen der Fenstertür eine breite, flache Dunstdecke, die sich der Küste näherte.

Er stand vom Sofa auf, um zur Terrasse zu gehen, er nahm sich Zeit. Nimm dir Zeit, sagte er sich. Sowohl fürs

Aufstehen wie auch fürs Gehen. Sofas sind was Feines, aber dann. Wenn man sie verlassen muss. Und alt und müde ist. Und auch noch krank. Und es einem überall wehtut.

Er rappelte sich dennoch auf und begann, langsam Schritt an Schritt zu reihen. Schon dich, sagte er sich. Der Tag ist noch nicht zu Ende. Wenn du noch was von ihm haben willst. Was für ein schöner Tag es noch gewesen sein wird. Das werde ich mir heute Abend sagen können. Und jetzt geh erst mal weiter.

Ein Schritt folgte auf den nächsten. Er fühlte sich besser. Gewöhnte sich wieder an die aufrechte Haltung, ans Gehen. Blieb an der Schwelle zur Terrasse stehen. Von dort aus konnte er besser sehen, was sich am Himmel tat. Die Dunkelheit kam übers Meer heran. Eine Art falscher Nacht brach herein. Aus der Tiefe des Dunstes schillerte ein Blitz auf wie Explosionsfeuer an einem Schlachtenhimmel.

Die Badegäste packten ihre Sachen zusammen. Der Strand entvölkerte sich. Würde bald menschenleer sein. Die Leute flüchteten. Paul stellte sich vor, wie die Schwimmerin in ihrem grauen Bademantel zu ihrem Mann zurückeilte. Ehemann oder nicht, sie gehört mir. Jetzt gehört sie mir. Übertreib nicht. Lass mich doch reden. Er fragte sich, ob sie sich im Weggehen zum Haus umgewandt habe. Also zu mir. Sie wird mir gehört haben. Und sei es nur für einen Augenblick. Und ein Augenblick, nicht wahr, ist für mich allezeit.

Er sah seine Schwimmerin nicht. Stellte sich nur vor, wie sie sich zum Haus umgewandt hatte, bevor sie hinter den Dünen verschwand. Sah eine andere. Von ganz anderer Art. Eine andere Gestalt. Natürlich. Die nicht schwimmen gegangen war. Sie hatte den ganzen Nachmittag gestrickt und dabei ihre Brut und alles andere im Auge behalten.

Eine dicke Dame also. Mutter einer Familie. Breit, mit ganz schlanken Beinen. Von fünf Schwangerschaften gezeichnet. In ihrer rechten Hand hielt sie das zusammengerollte Strickzeug. Sie hatte sich wieder angezogen.

In ihrem langen roten T-Shirt stand sie da und rief. Eins ihrer Kinder war noch im Wasser und wollte nicht herauskommen: Wir gehen. Beeil dich, komm raus. Gleich regnet's. Mir doch egal, schrie der Kleine, ich bin schon nass. Und Paul hörte sein Gelächter.

Recht so, Kleiner, sagte er, sehr gut. Das hätte ich auch geantwortet. Übrigens, du oder ich, du und ich, das ist sich ziemlich gleich. Meine Mutter, deine, die Ferien am Meer, all das, das ist immer gleich. Das verschwimmt. Das war ich. Ich habe das auch geantwortet. Ich wollte auch nicht aufbrechen. Und darüber hat es zu regnen begonnen.

Nein, Paul, geh nicht hin. Halt dich ruhig. Leg dich lieber aufs Sofa. Ach, lasst mich in Frieden. Ich fühle mich besser. Weniger müde. Ich kann mich aufrecht halten. Ich habe Lust, am Strand zu laufen. Vor allem habe ich Lust, auf meiner Haut zu spüren, wie sich all diese Stunden Hitze, all das Ersticken in Regen verwandeln. Ich will ihn auf meiner Haut spüren. Ich brauche es, um daran zu glauben.

Er ging auf die Terrasse hinaus. Die noch sehr vereinzelten, schweren und lauwarmen Regentropfen schlugen auf die Bespannung des Sonnenschirms, auf die Steinplatten des Wegs. Daraus entstanden unbekannte Rhythmen, matte und tiefe Töne, doch Paul hatte mit Schlaginstrumenten nichts im Sinn. Es zu erklären würde viel zu lange dauern. Und übrigens niemanden interessieren. Die falsche Nacht war hereingebrochen. Er ging zurück. Trat ins Wohnzimmer. Knipste die Lampen an. Er wollte Licht hinterlassen. Hatte Angst, in ein dunkles Haus zurückzukehren.

Er schaltete das Lampenpaar ein. Zwei Vasen in chinesischem Stil und chinesischen Blautönen, auf die man große konisch zulaufende Lampenschirme gesetzt hatte. Sie blickten einander von ihrem jeweiligen Sofaende aus an. In einem herrlichen Farbaustausch. Die Blautöne des Porzellans. Das Elfenbein der Lampenschirme. Das Maulwurfsgrau des Sofas. Der Farbton des niedrigen Tischs erinnerte an zerstoßenen Ziegel.

Dann, wieder auf der Terrasse, überquerte er sie, öffnete das Pförtchen und stieg zum Strand hinunter. Der Nebel verdichtete sich. Der Strand war vollständig davon bedeckt.

Ein seltsamer Eindruck. Auch das würde er noch erlebt haben. Man sah keine zehn Meter weit. In ihm, durch ihn hindurch zu gehen. Der Eindruck, man schiebe das Unsichtbare vor sich her. Ein Unsichtbares, das sich hinter einem wieder schließt. Er ging allein. In seiner eigenen Luftblase. Einer Art lichten Zelle. Begegnete niemandem. Außer vielleicht dem unter einem gelben Sonnenschirm aneinander geschmiegten Liebespaar.

Sie waren jung. Sehr jung sogar. Wirkten glücklich. Darüber, dass sie beide da waren. Sich liebten. Geblieben waren, als alle Welt ging. Sie blickten nirgendwohin. Oder auf denselben Gedanken. Oder die Abwesenheit von Gedanken. Das ist es eher. Dann geht es einem gut.

Die feuchte Luft hatte ihre tief gebräunte Haut in Brand gesetzt. Das Bronze ihrer Bräune spielte ins Kupferrote. Auch der in einen Regenschirm verwandelte empfindsame Sonnenschirm schien glücklich. Sein Gelb war viel leuchtender.

Paul ging an ihnen vorüber, ohne dass sie ihn bemerkten. Ging immer weiter in den Nebel hinein. Der sonnengetränkte Sand hielt noch eine gewisse Wärme. Bis zum Ende des Strands. Dort machte er kehrt. Wäre er weitergegangen, wäre er auf das Gros der wieder angezogenen Strandgäste gestoßen, die, des Sandes beraubt, unter dem Klacken der tanzenden Masten müßig durch den Sporthafen irrten.

Sein Hemd begann feucht zu werden. Der Sand auch. Er begann ihm an den Füßen zu kleben. Die beiden jungen Liebenden waren noch da, als er wieder an der Stelle vorüberkam. Diesmal küssten sie sich. Er blieb stehen, um sie anzusehen. Bewegt, gerührt und vor allem indiskret. Bald fühlte er Scham. Aber im Grunde macht das nicht sehr viel. Das ist nicht das Wichtigste.

Das Wichtigste ist, dass der Anblick dieser jungen Liebe mit ihrem Anschein von Ewigkeit in Pauls Geist eine zumindest unerwartete Reflexion auslöste. Er jedenfalls war nicht darauf gefasst. So wenig war sie einem wirklich schöpferischen Menschen angemessen. Falls es so etwas gibt.

Als er die Liebe dieser beiden Jugendlichen ansah. Mit einer gewissen Gier, nicht fasziniert, aber doch beinahe. Begriff er, warum die Zuhörer in Zürich seine Musik verabscheut hatten.

Sie haben, dachte er, meine Musik verabscheut, weil sie nicht von ihnen sprach, sondern nur von sich selbst. Nicht einmal von mir, nur von sich selbst. Sie sprach weder von Liebe noch von Schönheit. Noch von der Schönheit der Liebe. Noch von der Liebe zur Schönheit. Das war's im Groben, was er dachte. Ich überlasse es Ihnen, darüber zu urteilen. Ihnen allen. Ich finde das eher naiv, doch ich entschuldige es. Wirklich. Das zumindest kann man sagen, dass er Entschuldigungen hatte. Er hatte welche. Wer vermag zu verstehen, was man denkt, wenn es so weit mit einem gekommen ist? Wie es mit ihm gekommen war.

Er setzte den Rückweg ins Haus fort. Er kam an. War froh, na ja, sagen wir, besänftigt, als er es hell erleuchtet vorfand. Hatte allerdings Mühe, die kleine Treppe vom Strand hinaufzusteigen, die kurz war, aber steil. Musste, um zu Atem zu kommen, am Eingang zur Terrasse stehen bleiben. Die er überquerte, um anschließend über die Schwelle zu treten. Ging dann ins Wohnzimmer.

Das Hemd feucht. Stellenweise richtig nass. Was unangenehm ist auf der Haut. Meine Hemden sind im Schrank, oben im Schlafzimmer. Wieder die Füße voller Sand. Man müsste sie abspülen. Die Dusche ist oben im Badezimmer.

Keine Kraft. Nicht den Mut, die Treppe hinaufzusteigen. Ich hab's übertrieben. Ich bin zu weit gelaufen. Ich bleibe, wie ich bin. Ich behalte das Hemd an. Es wird schon trocknen. Ich wasche mir nicht die Füße. Sie werden schon trocknen. Die falsche Nacht löst sich auf. Die richtige wird bald da sein. Es bleibt noch zwei Stunden hell. Eine Sonne, die auch noch wärmt, wenn sie untergeht. Es wird schon trocknen. Nie, hören Sie, niemals wieder werde ich diese Treppe hinaufgehen.

Und beim Gedanken an die Treppe. Dachte er wieder an die Gestalt seiner Schwimmerin, die er nicht anzuschauen gewagt hatte, als sie ihm den Rücken zukehrte, um sie hinaufzugehen. Erinnerte er sich an die Liebeserklärung, die er nicht auszusprechen gewagt hatte.

Und der Gedanke einer letzten Liebe brachte ihn auf die erste zurück. Die jungen Leute. Ihre kupfrige Haut unter dem gelben Segeltuch. Der lange Kuss. Gedanken und Reflexionen über Liebe und Schönheit. Sie sind in meiner Musik vorhanden, doch in einer unverständlichen Sprache ausgedrückt. Voilà, da haben wir die Wahrheit. Wieder überall Schmerzen. Schwindel. Der Kopf dreht sich mir.

Und beim Gedanken an die Liebe, die letzte oder erste, drängte sich auch der an Lucie auf. Die nicht seine erste war, aber eine der allerersten. In jedem Fall die dauerndste. Noch lebendige. Sehr zärtliche. Daher der Entschluss, die Grausamkeit, sie von dem fern zu halten, was folgen wird. Sie zu verschonen, ihr Schweigen und Abwesenheit aufzuzwingen, Paris, wenn er. Er rief sich den Inhalt ihres Briefes an ihn ins Gedächtnis. Der Kühlschrank, die Konzertaufnahme.

Der Kühlschrank ist voll. Das ist mir schnurz. Ich hab keinen Hunger. Ich hab Durst. Die abendliche Angst kommt wieder. Diese Schweinerei wird mich noch umbringen. Ich mach mir einen großen Whisky mit viel Eis. Dann leg ich mich auf die Liege neben der Hi-Fi-Anlage. Vorher werd ich natürlich den Recorder einschalten. Ja, sieh zu, dass du alles in der richtigen Reihenfolge machst. Damit du nicht noch einmal aufstehen musst.

Sie hören France Musiques. Es ist zwanzig Uhr. In einer Direktübertragung aus Zürich hören wir nun Martine Hermann, die ein paar einleitende Worte zu dem Schlusskonzert des 25. Streichquartett-Festivals sagen wird.

Martine Hermann: Vielleicht habe ich noch Zeit, Ihnen etwas über die Werke und die Komponisten zu sagen, auf die wir uns heute Abend freuen dürfen. Haydn und Beethoven sind uns wohl bekannt. Weit weniger oder kaum, einigen wohl auch gar nicht bekannt ist Paul Cédrat, dessen drittes Streichquartett wir heute Abend in einer Welturaufführung hören werden.

Beginnen wir also mit Joseph Haydn. Doch nein, leider ist die Zeit zu knapp. Sicher hören Sie schon den Applaus. Er begrüßt den Auftritt des jungen Alexander-Quartetts. Es wird still. Ich muss flüstern. Ich überlasse Sie der Musik und wünsche Ihnen einen genussvollen Abend.

So schlief Paul ein. Zur Musik Haydns. Dann zu seiner eigenen. Er dachte dabei: Es ist gut, es ist wahrhaftig, es ist sehr interessant, aber fürchterlich anstrengend. Und außerdem und zum ersten Mal seit langem fragte er sich dabei nicht, ob dies seine letzte Nacht sein würde.

8.

Es wird noch Tage geben. Niemand weiß, wie viele. Wenigstens einen. Diesen. Einen weiteren, neuen, heute. Er brach an. War bereits angebrochen. Ziemlich angebrochen. Es war elf Uhr morgens. Die leuchtendste, die sanfteste, angenehmste Stunde, wenn das Wetter schön ist. Und das Wetter war schön.

Es spielte sich zwischen vier oder fünf Farben ab. Würde sich abspielen. Vielleicht auch sechs. Man wird sie zählen müssen. Das Marineblau der Karosserie. Das Milchblau des Himmels. Die graue Straße. Dunkelbraune Baumstämme. Grünes Laub. Eine weiße Wolke wäre nicht schlecht. Da ist schon eine. Sie bemerkte sie beim Fahren. Der Wagen war offen. Fand sie reizend. Hätte ihretwegen fast die Kurve vor der Zufahrt zum Haus verfehlt.

Für gewöhnlich und damit der Motorenlärm nicht stört, lassen die Besucher ihren Wagen unten in der Zufahrt stehen und gehen zu Fuß hinauf. Selbst der Briefträger hält es so. Sie nicht.

Sie hatte es eilig. Hatte den ganzen Vormittag darüber nachgedacht. Konnte zu keinem Entschluss kommen. Wagte nicht. Hatte Angst. Das verstehe ich. Wenn ein noch nicht alter, lebendiger Mann einem verkündet, er werde sterben. Vielleicht nicht heute, aber ganz sicher morgen. Kann man schlecht. Sagt man sich, man müsse etwas tun. Helfen, ja, warum nicht, nachfragen, an einen Irrtum glauben, hoffen. In jedem Fall nicht kneifen. Sich nicht entziehen. Kurz, nachschauen. Und jetzt diese Angst, zu spät zu kommen.

Sie öffnete die niedrige Tür. Sprang aus dem Wagen. Hakte die weiße Kette aus. Stieg wieder ein. Fuhr weiter. Hielt an. Stieg aus. Hakte die Kette wieder ein. Stieg wieder ein und fuhr an. Ein wenig ruppig. Die Antriebsräder gruben sich in den Weg. Und hinterließen deutliche Spuren.

Oben der aufgeschüttete Vorplatz. Dort parkte sie den blauen Morgan und stieg aus. Sie war in ein leichtes Ensemble gekleidet. Von der Farbe getrockneten Blutes, jedoch hell. Sagen wir, verdünnt. Passend zu ihren Sommersprossen. Das kurze Haar irgendwie rötlich. Sie ging zum Nebeneingang.

Suchte nach der Klingel. Fand sie nicht. Sie sah nach rechts, nach links, trat einen Schritt zurück. Da die Klingel nirgends zu finden war, klopfte sie. Mehrmals. Da sie keine Antwort bekam, bewegte sie die Klinke. Die Tür war nicht abgeschlossen. Sie trat ein und begann zu rufen. Vom ersten Schritt im Gang an rief sie.

Ist da jemand? Vom Gang gingen viele kleine Zimmer ab. Küche, Waschküche, Toilette, Garderobe, Diele. Ist da jemand? Sie fand ihre Rufe zu unpersönlich. Sie kannte den Herrn des Hauses. Durfte es sich also erlauben. Monsieur?

Sind Sie da? Darf ich eintreten? Von der Diele ging ein weiterer Gang ab, der im geräumigen Wohnraum endete.

Alles war weit offen. Vom Meer herauf hörte man dieses sehr lebendige Tosen. In diese Richtung ging sie weiter. Den Flur entlang. Immer weiter halblaut rufend. Hin und her gerissen zwischen Angst und Wissenwollen. Barfuß in hellen Mokassins. Sie trat in den Wohnraum. Verharrte neben der Säule, um die sich die Treppe nach oben wand.

Ihr gegenüber die weit geöffnete Fenstertür, ausgefüllt von blauem Himmel. Zu ihrer Rechten das von den beiden großen Chinesinnen bewachte maulwurfsgraue Sofa oder Kanapee. Links und am Ende des riesigen Raums ein Teil, den man als fünfeckig bezeichnen könnte. Mit einer erkerähnlichen Fensterfläche. Unter dem Fenster, neben einer noch eingeschalteten Hi-Fi-Anlage, eine Liege nach Art des Empire. Ein bisschen wie die der Madame Récamier. Und auf der Liege Paul.

Der Schwimmerin schien das Herz stillzustehen. Ich sage schien. Es war nur ein Eindruck. Sie konnte zwischen zwei Möglichkeiten wählen. Weglaufen oder näher herantreten. Sie trat näher heran. Tapferes Mädchen. Sie hat Mumm. Beugte sich über Paul. Fand ihn schön. Nicht weiter verwunderlich. Die Krankheit hatte ihn verschönt. Dank ihrer war dieses fried- und ruhevolle Gesicht, dessen Haut sich über die Knochen spannte, schön geworden. Doch das, also wirklich.

Das Wichtige war wieder einmal anderswo. Ein wenig tiefer. Forschend blickte sie auf den reglosen Brustkorb.

Der sich plötzlich hob. Er atmet. Und statt in Tränen auszubrechen. Es war ihr danach, es hätte sie erleichtert, so wie sie auch versucht war, Paul die Wangen zu tätscheln, um ihn aufzuwecken. Tat sie nichts dergleichen. Sondern wandte sich zum Flügel. Sie hatte ihn entdeckt. Das kann man sich wohl denken. Gestern schon. Und sich dabei gefragt, ob er es sei, der darauf spiele.

Sie jedenfalls spielte gut Klavier. Und ohne weiteren Lärm zu machen, ging sie zum Flügel. Und als sie vor den Tasten saß, betrachtete sie die offenen Noten auf dem Pult. Sie konnte halbwegs gut vom Blatt spielen, aber Brahms. Nein. Zu schwierig. Und außerdem kannte sie ihn ein wenig, diesen Brahms. Und hatte keine Lust, Paul mit schwerer Melancholie zu wecken. Für ihn und für sich selbst wollte sie etwas Fröhlicheres.

Sie weckte ihn sanft mit einer Melodie, die ich für meinen Teil liebe. Leider kann man Geschriebenes nicht hören. Wenn ich könnte, würde ich sie Ihnen vorsingen. Doch wer sie kennt, wird sie wiedererkennen. Es ist *Bye Bye Blackbird.* Sie begann mit einer hübschen achttaktigen Einführung und spielte dann die Melodie, die sie gleichzeitig sang.

Paul wurde wach: Lucie? Bist du's? Bist du da? Dabei hatte ich dir doch gesagt. Nein, ich bin's, sagte die Schwimmerin. Ich wollte schauen, was es bei Ihnen Neues gibt.

Was es Neues gibt. Bei einem Sterbenden hat diese Formulierung etwas Widersinniges. Schon. Aber hätte sie etwas anderes sagen können? Ich wollte schauen, ob Sie tot sind? Schon oder noch nicht?

Paul hatte gerade ihren Namen ausgesprochen. Er dachte an Lucie. Er warf sich vor. Und umso mehr, als sie ihm sehr gefiel. Dass er die Anwesenheit dieser Frau zuließ, während Lucie nach Paris verbannt war und nicht wusste, was es bei ihm Neues gab. Es geht schon wieder los. Was an Neuem? Ist er tot oder noch nicht? Hat er es schon getan? Ist er davor zurückgeschreckt? Wenn ich anrufe, weiß ich es. Wenn er nicht abnimmt, weiß ich es genau. Inzwischen dürfte er sich schon nicht mehr von seinem Platz wegbewegen können.

Die Schwimmerin: Wie fühlen Sie sich? Paul: Wie ein Kerl, der nicht aufhören kann. Aber eher besser. Ich muss zwölf Stunden geschlafen haben. Das fühle ich. Ich habe Lust aufzustehen. Und beiseite, zu sich selbst und in Gedanken fügte er noch hinzu: Wenn ich Sie sehe, habe ich Lust aufzustehen. Ich habe überhaupt keine Lust mehr aufzuhören. Und noch weniger, etwas abzukürzen. Ich habe Durst, sagte er.

Er ließ seinen rechten Arm auf Bodenhöhe sinken. Die suchende Hand traf auf das leere Glas. Er schloss sie darum und hielt es dann der Schwimmerin hin: Wo Sie schon mal da sind, sagte er. Würde es Ihnen etwas ausmachen, es mit Whisky und einer Hand voll Eis zu füllen? Erst die Eiswürfel. Unten. Den Whisky darüber. Nicht umgekehrt. Klar? Das ist sehr wichtig.

Die Schwimmerin lächelte. Sie sah ihn an. Um diese Uhrzeit?, fragte sie. Er: Na und? Sie: Und, und. Ich dachte, Sie hätten Lust aufzustehen. Er: Na und? Sie: Und, und.

Das wird Ihnen dabei keine Hilfe sein. Er: Aber ja doch, meine Teure, lassen Sie sich eines Besseren belehren, ganz im Gegenteil. Nun, da ich nicht mehr. Sozusagen. Richtig am Leben bin. Hat Alkohol die entgegengesetzte Wirkung auf mich. Er hebt meinen Schwindel auf und gibt mir, wenn auch nur künstlich und für einige Zeit, die Kraft zurück, die ich nicht mehr habe. Wie eine Droge, ja, das ist es. Ganz davon zu schweigen, dass er die Angst beschwichtigt. Aber das tut er bei allen anderen Lebenden auch. Aber sagen Sie, das ist hübsch, was Sie da anhaben.

Sie seufzte, immer noch lächelnd: Wenn es so ist, sagte sie. Sie nahm das Glas, das Paul ihr hinhielt. Sollen Sie ihn haben. Ja. Ich weiß, wo die Küche ist. Es wurde Zeit, dass sie das Glas nahm. Paul hatte Schmerzen im Arm. Versagte es sich diesmal nicht, ihre Eleganz zu bewundern, als sie sich entfernte. Zwei Füße, die sich bewegten wie die einer Tänzerin. Zwei lange Beine, eines dicht am anderen. Und ein leichtes, gerade noch wahrnehmbares drehendes Wiegen der Hüften. Das sich anmutig über den Rücken bis zum Nacken fortsetzte.

Während er auf seinen Drink wartete. Richtete er sich von der Liege auf und brachte es ohne allzu große Mühe fertig, sich aufrecht hinzusetzen. Auf die Kante. Die Beine draußen. Die Füße auf dem Boden. Dort spiegelte sich das Licht der Sonne. Paul forderte sie heraus, indem er sie anstarrte. Dann, verwundert, weil er keine Schmerzen hatte, fragte er sich, ob das ein gutes Zeichen sei. Und falls nicht, welche Art Zeichen es sei.

Die Schwimmerin kehrte mit dem Glas zurück. Paul dachte gerade, dass er sich gern draußen bewegen würde. Auf welche Weise auch immer. Einfach so. Eine Laune.

Danke, sagte er, und begann zu trinken, nahm einen langen Zug: Wie sind Sie hergekommen? Mit dem Wagen? Sie: Natürlich. Warum? Er: Ich würde gern einen kleinen Ausflug machen. Das Wetter ist schön. Ich fühle mich besser. Würden Sie mich auf eine kleine Spazierfahrt mitnehmen? Sie: Aber gern. Er: Der Ärger ist nur. Ich bin schmutzig. Ich stinke. Ich bin unrasiert. Stört Sie das? Sie: Gar nicht. Er: Gehen wir.

Sie half ihm, von der Liege aufzustehen. Bot ihm den Arm, und voilà, schon sind die beiden auf dem Weg zur Haustür. Schauen Sie nur. Also wenn ich die beiden so Seite an Seite und Arm in Arm sehe. Ist dem Gedanken kaum auszuweichen, dass sie bildeten, was man ein schönes Paar nennt.

Zu dumm, sein ganzes Leben mit einer Frau verbracht zu haben und erst jetzt zu bemerken, dass man dazu bestimmt war, am Arm einer anderen zu gehen. Hat er das gedacht? Gefühlt? Oh ja. Aber das war nur diese alte Lust zu leben. Nicht neu anzufangen. Einfach weiterzumachen.

Sie ließen alles offen. Es gibt nichts zu stehlen, behauptete Paul, und außerdem. Ja, und außerdem. Man wollte ja nicht Jahre fortbleiben.

Sie half ihm, sich in den Wagen zu setzen. Über ihnen raschelten die Kiefern im Wind. Manchmal pfiffen sie sogar in einem Windstoß. Kiefernnadeln pfeifen, wenn der Wind heftig bläst.

Dann ließ sie den Motor an, wendete und fuhr die Auffahrt hinunter. Musste unten anhalten, um die Kette auszuhaken. Nicht nötig, sie wieder einzuhaken, sagte Paul. In Ordnung, sagte sie. Sie setzte sich also wieder ans Steuer, legte den ersten Gang ein. Und der marineblaue Morgan schoss auf die in der Sonne liegende graue Straße. Die gesäumt war von braunen und grünen Bäumen unter einem milchig blauen Himmel.

Kaum waren sie fort, klingelte im Haus das Telefon.

9.

Paris, 11.45 Uhr. In der sechsten Etage eines schönen Gebäudes. Die drei Fenster gehen auf den Boulevard hinaus. Lucie Cédrat nimmt den Hörer ab und ruft im Landhaus an. Niemand geht ran. Sie lässt nicht locker. Niemand geht dran. Sie fürchtet das Schlimmste. So sagt man es gemeinhin.

Sie kommt nicht auf den Gedanken, Paul könne eine Spazierfahrt unternommen haben. Allein oder in Begleitung. Wessen Begleitung? Sie denkt, er habe Wort gehalten. Wenn er nicht mehr ans Telefon geht, dann weil er getan hat, was er zu tun beschlossen hatte.

Man hatte ihm ein Ende unter sehr großen Schmerzen vorausgesagt. Er hatte es wissen wollen. Man hatte ihm eine Antwort gegeben. Und jetzt wusste er es. Und da er es wusste, wollte er nicht brav abwarten. Das ist verständlich. Sie hatte es verstanden.

Allerdings verübelte sie ihm, dass er sie so fern gehalten hatte. Sie, seine Frau, die Gefährtin seines ganzen Lebens. Sie musste nicht nur den Verlust ertragen. Sondern auch die grausame Prüfung, nicht bei ihm zu sein.

Doch auch das hatte sie verstanden. Wir möchten nicht

beobachtet werden, wenn es gar nicht mehr geht. Wir hassen Mitleid. Vor allem graut uns davor, den anderen, den wir lieben, um unseretwillen leiden zu sehen.

In jedem Fall. Jetzt. Fühlte sie sich frei zu handeln. Sie legte auf und rief bei der C.T.A. an. Compagnie des Taxis de l'Atlantique. Der prahlerische Firmenname für die Existenz eines einzigen Fahrzeugs. Immerhin eines Mercedes Kombi. Und eines kranken Lizenzinhabers, der von seinem Sohn vertreten wurde. Einem eher aufgeweckten jungen Spund. Ein kleiner Gauner, aber nett.

Der Sohn war unterwegs. Der Vater ging ans Telefon. Hallo? Hallo? Ja? Ja, sagte Lucie. Guten Tag, Monsieur. Ich bräuchte einen Wagen für den Zug um 15.45 Uhr. Es ist sehr wichtig. Sehr dringend. Geht das?

Natürlich, sagte der Alte. Auf welchen Namen? Madame Cédrat. Wohin? Zum Landhaus *Les Flots bleus.* Ich verstehe, sagte der Alte. Gut, das geht in Ordnung. Ich hab es notiert, Madame Cédrat. 15.45 Uhr. *Les Flots bleus.* Sie können sich auf mich verlassen. Ich schicke einen Wagen, er wird auf Sie warten.

Der Zug nicht. Er ging in einer Viertelstunde. Sie wohnte in Bahnhofsnähe, aber trotzdem. Es war knapp. Sie musste sich beeilen. Sie beeilte sich. Schlüpfte in ihre Jacke, schnappte nach der Handtasche in der Diele und rannte los.

Nicht lange. Keine Übung. Rasch außer Atem. Seitenstechen. Mangelndes Training. Kein Wunder. Lucie gehörte nicht zu der Sorte, die, einen Duft nach Anti-Aging-Creme im Kielwasser, regelmäßig joggt. Sie hatte anderes im Kopf.

Aber keine Fahrkarte. Sie sprang so in den Zug. Als sie an die Bahnsteige kam, hob sie im Laufen den Blick. Auf den Abfahrtstafeln stand: 12.15 Uhr. Bahnsteig 8. Auf der großen Uhr war es 12.13 Uhr. Keine Zeit, einen Fahrschein zu lösen. Ich zahle im Zug. Ich springe rein.

10.

Paul war hingerissen. Er hatte noch nie in einem Kabrio gesessen. Einem echten, einem Sportwagen. Mit einem starken, geräuschvollen Motor und einer hübschen Dame am Steuer. War noch nie in einem offenen Wagen gefahren. Hatte mithin noch nie den Wind über seinen Schädel streichen fühlen. Einen freien, von guter Augustsonne gewärmten Wind. Eine sanfte Brise voller Gerüche, die sie in den Kiefernwipfeln aufgesammelt hatte. Nicht nur. Unten am Boden liest man auch einen Haufen Düfte auf. Eine Mischung von Pflanzen. Wild-, Gewürz- und anderen Pflanzen. Allen möglichen Blumen.

Man fuhr ihn in der Natur spazieren. Er fühlte sich wohl. Nirgends Schmerzen, oder fast nirgends. Ein wenig betäubt. Einer allgemeinen Erstarrung nahe, aber wohl. Nur dass die Schwimmerin bald ankündigte, sie müsse:

Ich muss kurz zu Hause vorbeifahren. Um meinem Mann Bescheid zu sagen. Damit er sich keine Sorgen macht. Ich habe ihm nicht gesagt, dass ich Sie besuchen wollte. Er schlief noch, als ich wegfuhr. Möglicherweise braucht er den Wagen. Er wird sich freuen, Sie zu sehen. Ich habe ihm gestern Abend von Ihnen erzählt. Sie werden sehen, er ist nett.

Das bezweifle ich nicht, dachte Paul. Nett bin ich auch.

Aber ich bin nicht sicher, dass er es gut findet. Ich übrigens auch nicht. Es ging zu gut, nehme ich an, mit ihr und mit mir. Das konnte nicht dauern. Ja, so ist es sicher. Aber nun ja. Wir wollen uns nicht beklagen. So ist es eben. Sie hat einen Mann. Ich habe eine Lucie. Also gut. Tun wir's. Geht klar, die Sache mit dem Mann. Fahren wir hin. Sie: Es ist Ihnen nicht recht. Er: Aber ja doch.

In Wahrheit war's ihm schnurz. Ihm war's recht, wie es war. Wo er war. In diesem Wagen. Den Nacken zurückgelehnt gegen die Kopfstütze. Den Blick zum Himmel gewandt, der zwischen den Bäumen vorbeizieht. Man geht vielleicht nicht zu weit, wenn man denkt, dass er gern so geendet hätte. Dort, an der Seite jener Frau.

Und in dem Wissen, dass sie bald nicht mehr allein sein würden, hörte er nicht mehr auf. Er wandte den Kopf und hörte nicht mehr auf, sie anzusehen. Ein hübsches Profil. Die Nase ein wenig gebogen, aber es steht ihr gut. Ein kleines, zierliches Ohr. Schön geformt. Im Ohrläppchen ein winziger blauer Stein. Alles von großer Zartheit. Die Kopfhaltung. Stolz oder hoheitsvoll.

Apropos Eleganz. Das Landhaus, in dem sich die Schwimmerin und ihr Mann erholten. Verglichen mit dem Lucies, hatte es einen ganz anderen Stil, war aber genauso hübsch.

Sobald wir das schwarze Tor durchquert haben. Gelangen wir auf einen Kiesweg. Er durchquert einen Garten voller Blumen. Wir lassen den Wagen vor der Terrasse stehen. Rechts ist eine Garage, aber wir wollen gleich weiterfahren. Im Prinzip. Wir schauen nur vorbei.

Wir strecken die Nase hoch und sehen den efeubewachsenen Frontgiebel. Im ersten Stock zwei Fenster wie große blaue Augen. Der Himmel spiegelt sich in den Scheiben. Ein Giebel wie ein Gesicht, das einen anschaut.

Der Ehemann hatte gesehen, wie sie aufs Grundstück fuhren. Er sah zu, wie sie unterhalb der Terrasse anhielten. Auf der Terrasse nämlich saß er. In einem leichten Sommer-Morgenmantel. Er saß in der Sonne und frühstückte. Er war fertig. Las eine Zeitung. Senkte sie, als er den Wagen hörte. Nahm die Lektüre nicht wieder auf. Er beobachtete die beiden, die nicht aus dem Kabrio stiegen. Sein Gesicht war nicht das eines verärgerten Mannes. In der Kaffeekanne war noch Kaffee. Auf einer weißen Untertasse noch ein Croissant. In einem Glas noch Konfitüre. Eine Wespe hatte sich hineinverirrt.

Paul: Ich glaub, ich bleib im Wagen. Sie: Aber nein, was soll das. Haben Sie sich nicht so. Kommen Sie und sagen Sie guten Tag. Ich werde Sie mit meinem Mann bekannt machen. Sie werden sehen, er ist sehr nett. Schauen Sie nur, er lächelt Sie an. Ich sehe es, sagte Paul. In der Tat, er wirkt nett. Aber ich fühle mich wieder. Ein wenig müde. Das geht vorüber, sagte die Schwimmerin. Und nun kommen Sie. Ich helfe Ihnen.

Sie stieg aus dem Wagen. Ging um ihn herum. Öffnete den Schlag. Paul ergriff die Hand, die sie ihm hinstreckte. Er ließ alles mit sich geschehen. Sie half ihm aus dem Kabrio heraus. Der Ehemann war aufgestanden, um Paul zu begrüßen. Erschreckt von dessen extremer Magerkeit.

Er sah seine Frau an. Plötzlich ernst. Als wolle er sagen: Dieser Mann kann sich nicht auf den Beinen halten. Oder kaum. Was fällt dir ein, ihn hierher zu bringen? Sie ging nicht auf den Blick ein. Schien ihn nicht zu verstehen. Sie sah ihren Mann an, als wolle sie sagen: Sieh mal, wer da ist. Befriedigt: Das ist der Herr, von dem ich dir erzählt habe. Ich habe ihn besucht. Ich habe ihn mitgebracht. Kommen Sie, damit ich Sie bekannt machen kann, sagte sie zu Paul. Schnell, dachte Paul. Ich muss. Mich hinsetzen.

Chéri, sagte sie zu ihrem Mann. Das ist Monsieur. Dann, zu Paul gewandt: Zu dumm, ich weiß noch nicht einmal Ihren Namen. Cédrat, sagte Paul. Paul Cédrat. Er streckte dem Ehemann die Hand hin. Dieser schüttelte sie. Er fröstelte. Eine so skelettartige Hand hatte er noch nie berührt. Freut mich, Sie kennen zu lernen, sagte er. Ich bin Simon. Sehr erfreut, sagte Paul. Dann ließ er sich in einen Sessel fallen. Niedriger Sitz mit Armlehnen. Aus weiß lackiertem Peddigrohr. Um den Tisch standen vier solcher Sessel.

Der Sonnenschirm war zusammengeklappt. Der Ehemann liebte die Sonne. Er nahm wieder in dem Sessel Platz, in dem er vorher gesessen hatte. Seine Frau setzte sich in einen dritten. Ihr Körper nahm wieder die Haltung an, die wir bereits an ihr kennen. Eine sehr elegante.

Paul, zum Sprechen nicht in der Lage, begann das Croissant auf der weißen Untertasse anzustarren. Seit mehreren Tagen hatte er nichts in seinem Mund gefühlt. Nichts gekaut. Weil er nichts herunterbringen konnte.

Und während er so das Croissant anstarrte. Erinnerte er sich an den Geschmack. Und nach und nach machte es ihm Lust. Nicht Lust, es zu essen. Lust, noch einmal seinen Geschmack im Mund zu haben.

So vergingen die Sekunden, und niemand schien sprechen zu wollen. Die Schwimmerin raffte sich zu einem Anfang auf: Monsieur Cédrat, sagte sie. Sie schickte sich an zu sagen, dass Paul Lust gehabt hatte, eine kleine Spazierfahrt zu unternehmen: Monsieur Cédrat, sagte sie.

Cédrat, Cédrat, sagte ihr Mann. Warten Sie. Dann, zu Paul: Ihr Name sagt mir etwas. Möglich, sagte Paul. Aber es sollte mich wundern. Niemand kennt mich. Die Schwimmerin lächelte.

Auch der Ehemann glaubte, Paul scherze. Er protestierte: Nein, nicht doch, sagte er, lachen Sie nicht. Paul lachte nicht. Nur die Frau lächelte. Voller Entzücken, dass die beiden Männer miteinander redeten.

Ich mache keine Witze, sagte ihr Mann. Ich bin sicher, ich habe Ihren Namen irgendwo gesehen. Die Zeitung ragte über die Tischkante. Ein Windstoß wehte sie vom Tisch. Er bückte sich und hob sie auf. Hob sie auf und schlug, als wolle er sie strafen, mit dem Handrücken aufs Papier. Das war es, sagte er, als er sich aufrichtete. Ich hab's. Seine Fingernägel klopften noch einmal aufs Papier: Hier drin habe ich Ihren Namen gesehen. Paul betrachtete das Croissant.

Daraufhin schlug der Ehemann die Zeitung weit auf und begann hastig in beide Richtungen zu blättern. Vor und zurück. Und beim zweiten Zurück. Er würde die Seite noch einmal verfehlen. Stoppte er bei Kunst und Theater oder Kultur. Nein, nicht Malerei. Auch nicht Literatur. Aber Musik.

Ah, voilà, sagte er, da ist es. Zürich, 25. Streichquartett-Festival. Gleich hab ich's. Warten Sie. Voilà. Ich habe mich nicht geirrt. Ich zitiere: »Paul Cédrat. Skandalöses Genie oder Scharlatan?«

Schon der Titel. Verriet viel über die Dummheit des Journalisten. Der Verfasser des Artikels beantwortete die Frage nicht. Vor allem rückte er sich selbst eifrig ins rechte Licht und freute sich über die Proteste des Publikums:

Endlich, schrieb er. Endlich ein Publikum, das Nein sagt. Endlich ein Publikum, das Hässliches ablehnt. Nichts über das angeblich Hässliche. Nichts über die Einsamkeit. Nichts über die unentrinnbare Entwicklung der Sprache der Musik.

Die Schwimmerin: Dann sind Sie also Komponist? Wie bitte?, fragte Paul. Mühsam: O bitte verzeihen Sie, ich habe nicht zugehört. Sie: Ich sagte: Dann sind Sie also Komponist? Ich war's, sagte Paul. Sie: Sie werden es auch weiterhin sein. Übrigens sind wir auch Musiker. Nicht wahr, Chéri?

Chéri, in Sorge um Pauls Zustand, fragte sich, worauf seine Frau hinauswollte. Antwortete aber, um ihr nichts schuldig zu bleiben, mit Ja: Ja, sagte er, in der Tat, auch wir sind Musiker. Er rechnete damit, Paul würde aha sagen. Doch nein, Paul sagte nicht aha. Paul betrachtete das Croissant.

Mangels besserer Alternativen redete der Ehemann weiter: Meine Frau ist Sängerin, und ich bin Pianist, sagte er. Wir spielen Jazz. Sein Ton deutete an, das sei eine minderwertige Musikrichtung, doch Paul hörte nicht zu. Meine Frau besitzt einen Nachtclub in der Stadt. Den *Dauphin vert*. Ich weiß nicht, ob Sie ihn kennen. Paul kannte ihn nicht. Es ist anstrengend, sagte der Ehemann. Ich bin aus dem Alter heraus.

Ich bin schon wieder erst um vier Uhr morgens ins Bett gekommen. Daher mein eher spätes Frühstück. Möchten Sie nicht ein wenig Kaffee? Paul schien aufzuwachen: Warum nicht?, sagte er. Ich kann es immerhin versuchen. Aber was ich vor allem gern hätte. Das wäre ein Happen von dem Croissant da auf dem Tisch.

Aber gewiss doch, sagte der Ehemann. Chérie, sagte er. Reich doch Monsieur Cédrat bitte das Croissant. Was allerdings den Kaffee angeht, ich fürchte, er ist nicht mehr ganz heiß. Macht nichts, sagte Paul, macht nichts. Mich interessiert vor allem das Croissant.

Die Schwimmerin warf ihrem Mann einen fragenden Blick zu. Der nickte. Nur zu. Keine Angst. Weshalb sollte man ihm widersprechen? Sie streckte die Hand zur Tischmitte aus. Hob die weiße Untertasse hoch. Wandte sich dann Paul zu und bot ihm das Croissant an. Ich liebe Sie, sagte Paul leise. Wonach er, sichtlich froh, es gesagt zu haben, mit zwei Fingern das Croissant nahm. Es an die Lippen führte. Den Mund weit öffnete. Das Croissant hineinsteckte und das Bewusstsein verlor.

Der Ehemann verlor die Geduld. Genauer gesagt, er explodierte, er schrie: Was fällt dir eigentlich ein, ihn hierher zu bringen? Konntest du ihn nicht in Ruhe zu Hause sterben lassen? Musstest du dich unbedingt einmischen?

Sie: Es ist nicht meine Schuld. Er wollte, dass ich ihn spazieren fahre. Er wollte eine kleine Autotour unternehmen. Durch die Natur. Er: Na und? Was zwang dich, auf diese Laune einzugehen? Sie: Laune, was du schon wieder sagst. Das war keine Laune. Ich würde eher sagen, ein letzter Wunsch. Oder besser: ein letztes Begehren. Eine letzte kleine Freude.

Er: Sehr gut. Red nur weiter. Du bist nicht zufällig ein kleines bisschen verliebt in ihn? Sie: Und du? Du bist nicht zufällig ein kleines bisschen eifersüchtig? Er: Überhaupt nicht. Hilf mir lieber, ihn aufzurichten. Und nimm ihm das Croissant aus dem Mund. Mir wird schlecht von dem Anblick.

Paul war zur Seite gesackt. Die Armlehne hatte ihn aufgefangen. Sonst wäre er gefallen. Er schlug die Augen auf: Verzeihen Sie mir, sagte er, und dann. Seien Sie nett. Bringen Sie mich zurück nach Hause. Ins Landhaus. Bitte. Sofort, sagte die Schwimmerin. Fahren wir, sagte sie zu ihrem Mann.

Er: Nein. Ich nicht. Ich fahre nicht mit. Sie: Und warum nicht? Er: Ich bin nicht angezogen. Schau mich an. Ich werd doch so nicht herumfahren. Er war nur leicht bekleidet. Mit einem Morgenmantel in höchst orientalischem Stil. In der Art eines Kimonoverschnitts.

Sie: Wir haben Sommer. Ferien. Es ist heiß. Alle laufen praktisch nackt herum. Also bitte. Stell dich nicht an. Wir fahren. An den Füßen Espadrilles mit Kordelsohlen. Und oben weiße Baumwolle. Nicht sehr praktisch zum Gehen. Vor allem, wenn man sie so trägt, mit heruntergetretener Kappe. Wie Babuschen oder Pantoffeln. Mehrmals verlor er einen. Auf dem Weg zwischen Terrasse und Wagen. Und dann vom Wagen ins Haus. Was den Morgenmantel anging, der ging ständig auf. Er ließ ihn offen. So konnte man seine grünen Shorts sehen. Wie eine Badehose. Tja, so ist das.

Jeder legte sich einen Arm von Paul um den Hals. Sie teilten sich Pauls Gewicht. Das immer noch beträchtlich war, wenngleich Paul, ich weise noch einmal darauf hin, entsetzlich mager war. Er hörte nicht auf sich zu bedanken: Danke, meine Freunde, danke.

Dann kam der Augenblick, in dem man ihn im Wagen unterbringen musste. Natürlich vorn. Hinten ist kein Platz in einem Kabrio. Einem echten, einem Sportwagen. Allenfalls für ein Kind. Also vorn, in der Mitte. Zwischen der Schwimmerin, die wieder das Steuer übernahm, und. Der Ehemann quetschte sich neben Paul. Der ihm dankte.

Blieb noch das Problem mit den Beinen. Pauls lange Beine. Sie wussten nicht, wohin damit. Links zu den Pedalen kam nicht in Frage. In der Mitte auf die Konsole ging auch nicht, wegen des Schaltknüppels. Man verstaute sie im rechten Fußraum neben den nackten Waden des Ehemanns. Genug jetzt. Wir müssen los.

Während der Fahrt verlor Paul mehrmals das Bewusstsein und kam wieder zu sich. Er litt nicht. Wenigstens in diesem Punkt hatten sich die Ärzte geirrt. Wenngleich. Das konnte noch kommen. Vielleicht war Paul dem Ende gar nicht so nahe.

Die Najade hatte sich für diesen Weg entschieden. Das Kabrio fuhr über die Esplanade oberhalb des Sporthafens. Es war Flut. Die Segler tanzten. Man hörte die Leinen gegen die Alumasten klicken. In schrecklich komplexen Rhythmen. Selbst Paul wäre nicht auf den Gedanken gekommen, sie notieren zu wollen. Übrigens sagte ich bereits, dass er sich nicht fürs Schlagzeug interessierte.

Er schlug die Augen auf und, weiß der Himmel warum, streckte den Arm aus und, weiß der Himmel warum, verstellte den Rückspiegel, um darin einen noch sichtbaren Teil seiner selbst zu suchen. Ein Streifen aus der oberen Gesichtshälfte. Augen, vielleicht seine. Brauen, die er sehr hoch zog, in gespieltem Erstaunen, und dann sehr heftig runzelte, in gespieltem Ärger. Dann schloss er sie wieder, die Augen, die ihm solche Spielereien ermöglichten.

Die Najade beobachtete das Ganze. Als er fertig war mit dem, was für sie nur ein koketter Besuch seiner selbst gewesen sein mochte, ein Höflichkeitsbesuch gewissermaßen, stellte sie den Rückspiegel wieder richtig ein. Sie brauchte ihn.

Danach kannte sie den Weg. Wir auch. Gleich sind wir wieder auf der Waldstraße. Oder Küstenstraße. Der wir etwa zwei Kilometer folgen werden, bis wir links die Einfahrt sehen. Mit dem warnenden Schild: *Les Flots bleus. Privatgrundstück. Zutritt verboten.*

Der Wagen hielt auf der Aufschüttung hinter dem Haus. Paul herausziehen war leichter als befürchtet. Er war wieder ein wenig zu Kräften gekommen. Er half ihnen, ihm zu helfen. Die Türen standen noch offen. Sie gingen hinein.

Als sie im großen Wohnraum standen, bestand Paul darauf, zur Liege gebracht zu werden. Dabei war das maulwurfsgraue Sofa näher. Und genauso bequem. Sogar bequemer, doch Paul bestand darauf.

Die Freude, endlich zu liegen. Das Wohlgefühl weckte. Löste die Entstehung eines Lächelns auf Pauls Gesicht aus. Die über ihn geneigte Schwimmerin war im Begriff, sich aufzurichten und dann ihrem Mann zuzuwenden. Sie wollte ihm etwas sagen. Sie fühlte Pauls Hand, die ihren Unterarm drückte. Sie neigte sich wieder über ihn.

Paul sagte: Ich möchte, dass Sie mir das Wiegenlied singen. Sie: Welches Wiegenlied? Er: Das Sie mir heute Morgen beim Aufwachen gesungen haben. Sie: Ach ja, ich weiß. Natürlich. Sehr gern.

Sie richtete sich wieder auf. Wandte sich ihrem Mann zu. Näherte sich ihm und sagte sehr leise und nah an seinem Gesicht: Er möchte, dass ich *Bye Bye Blackbird* für ihn singe. Er: Das hast du ihm heute Morgen vorgesungen? Sie: Ja. Er: Warum? Sie: Ist doch unwichtig, warum. Ich flehe dich an. Überwind dich. Begleite mich. Setz dich an den Flügel. Und mach schön langsam. Er möchte ein Wiegenlied.

Der Ehemann gehorchte. In seinen weißen Espadrilles und dem orientalischen Morgenmantel ging er zum Flügel. Setzte sich vor die Tasten. Ließ die Knöchel knacken. Warf einen Blick auf die Noten vor seiner Nase. Seufzte, und dann. Da er die Harmonien des Liedes, das Paul ein Wiegenlied nannte, auswendig kannte. Improvisierte er ein Vorspiel in einem mehr als langsamen Walzertakt.

Er wandte sich um, ohne sein Spiel zu unterbrechen. Er spielte sehr leise. Er sah seine Frau an. Wartete auf ihre Stimme. Er präludierte, sie begann.

II.

Die Fahrt wollte nicht enden. Auf dieser Strecke ist es immer dasselbe. Drei Viertel werden in Rekordzeit bewältigt. Das letzte Viertel dann im Omnibustempo. Sinnlose Halte in Geisterstädten. Niemand steigt je ein oder aus. Na und? Wo willst du denn hin? Nirgends. Du hast Recht. Es ist unwichtig. Lucie hatte es nicht mehr eilig. Sie fürchtete die Ankunft. Sie hatte den Sonnenschutz vor die Scheibe gezogen. Sah die Dinge nur noch durch einen grau-beigen Dunstschleier.

Sie war allein in einem Abteil mit vier Plätzen. Sie hätte sich ausstrecken und schlafen können. Sie hätte können. Auf dem Tischchen ein Becher. Eine Flasche Wasser. Ein Päckchen Zigaretten. Ein blaues Bic-Mini-Feuerzeug. Sie hat nur eine Zigarette geraucht. Nicht im Abteil. Es ist ein Nichtraucherwagen. Sie ist in den Bistrowagen gegangen um zu rauchen.

Oder vielmehr nein. Im Bistrowagen hat sie einen Kaffee bestellt und eine Flasche Wasser gekauft. Und nachdem sie ihren Kaffee noch schön heiß getrunken hatte, ging sie in den Raucherwagen, um ihre Zigarette zu rauchen. Es war der Waggon dahinter. Und sie betrat den verräucherten Wagen mit einer Angst im Herzen.

Diese Angst hatte nichts mit dem Gedanken oder der Vorstellung zu tun, Paul liege tot im Haus. Vielmehr. Ja, das ist es eher. Die Angst, ihn so wiederzusehen. Diese Angst überdeckte alle anderen Ängste. Stützte alle anderen. Hielt sie in einem Zustand umfassender Angst, die sie empfänglich machte für den Anblick, der sich ihr im Bistrowagen bot.

Dass er leer war, machte die Anwesenheit der beiden Männer noch erschreckender. Gleich beim Eintreten dachte Lucie, sie würden aufeinander losgehen. Sich schlagen und gegenseitig töten. Suspekte, grausam wirkende Gestalten. Zwei Raubtiere, die sich aus der Ferne beobachteten, ohne sich dabei wirklich anzusehen. Aber all das. Scherte Lucie nicht. Was sie fürchtete, bis zur Ankunft fürchtete, nicht wollte. War, dass das junge Mädchen an der Kasse des Bistrowagens das mit ansähe.

Das junge Mädchen schien unbesorgt. Es lächelte Lucie an. Gab ihr das Wechselgeld, und Lucie dachte: Es liegt an mir. Ich bilde mir was ein. Ich bin durcheinander. Sie dachte noch daran, als der Zug tatsächlich anhielt. Sie kam an.

Trat auf den Bahnsteig hinaus. Wurde wie ihr Mann zum Opfer des gewaltigen Temperaturunterschieds. Eines Unterschieds von mindestens zehn Grad. Zwischen dem klimatisierten Waggon und der Luft im Freien in der prallen Sonne. Sie war bei besserer Gesundheit als Paul. Man kann sogar sagen, bei guter Gesundheit. Alles lief gut. Bislang hatte sie Glück gehabt. Es ging ihr gut. Und dann hatte Paul zu sterben begonnen. Nun ja. So ist es eben. Nichts zu machen. Man muss sich damit abfinden. Oder nicht. Lucie fand sich nicht damit ab.

Wie auch immer. Sie vertrug den Temperaturschock besser als er. Weder Atemnot noch Schwindel. Sie gewöhnte sich sehr rasch daran, die heiße Luft einzuatmen. Sie mischte sich unter die anderen Reisenden und schritt einen sonnigen Bahnsteig inmitten einer schönen, grünen Landschaft hinunter.

Es gab keine Unterführung. Sie überquerte die Gleise. Mit demselben Schrecken, dem immer gleichen, trat sie auf die Gefahr. Gleise, die glänzen und laufen, einen rufen, mitziehen. An deren Ende etwas in der Luft spiegelt. Vielleicht das wahre Nichts. Vom verrückt gewordenen Zug, der jeden Moment auftauchen kann, ganz zu schweigen. Aber nein. Das gibt es nicht. Ich bin die Verrückte. Das ist es. Ich bin müde. Sehr. Zu sehr. Und dabei fängt es erst an.

Das alles oder beinahe alles war wie weggewischt, als sie am Eingang der Bahnhofshalle den jungen Mann und sein hoch in die Luft gehaltenes Schild sah: *Les Flots bleus.*

Das bin ich, sagte sie und blieb vor ihm stehen. Ich weiß, sagte der Bursche, ich habe Sie wiedererkannt. Lucie: Warum schwenken Sie dann diese alberne Pappe herum? Damit wir auffallen? Sie hätten doch bloß nach mir Ausschau zu halten brauchen. Mich ankommen zu sehen. Mich wiederzuerkennen. Das stimmt, sagte der Junge. Sind Sie böse?

Nein, sagte Lucie. Kein Gepäck? Nein, sagte Lucie. Fahren wir.

Der junge Mann öffnete ihr galant den Wagenschlag und schloss ihn erst, als Lucie bequem auf dem Rücksitz des Mercedes saß. Hätte sie einen Rock getragen, so hätte er die Gelegenheit zu einem prüfenden Blick auf Lucies Beine genutzt. Und sie zweifelsohne noch sehr hübsch gefunden. Für eine Frau ihres Alters. Sie trug eine Hose in einem seltenen Grau. Ein passendes kurzes Oberteil. Ebenfalls grau. Im selben Grau wie die Sandalen.

Wonach er geschickt den Hindernissen auf dem Parkplatz auswich. Und dann denen auf einer Folge von Straßen. Ampeln, über die er bei Dunkelgelb fuhr. Um den großen Kombi bald auf die Landstraße lenken zu können. Wo alles in Licht getaucht war. Stille, Hauch und Kraft. Geteilte Landschaft, die sich in der Ferne immer auf die hohe See hin öffnete.

Der Mercedes fuhr seit kurzem auf der Landstraße. Der junge Mann wandte sich an Lucie in einer Art, die: Seit eben, sagte er. Beobachte ich Sie im Rückspiegel. Und je länger ich Sie ansehe. Gleich werden Sie wieder böse. Desto mehr sage ich mir, Sie sind mein Typ. Wir beide gleichen uns. Blond mit blauen Augen. Ja, ich weiß, was Sie mir sagen werden. Dass Sie meine Mutter sein könnten. Na und? Das macht nichts. Im Gegenteil. Das macht es nur noch besser. Es gibt nichts Stärkeres als diese Art Liebe.

Lucie: Sehen Sie nach vorn. Und wenn Sie bitte schneller fahren würden. Wir bummeln.

Er: Haben Sie es eilig? Ja, sagte sie. Das heißt nein. Das heißt doch. Kurzum. Lassen Sie mich in Ruhe. Fahren Sie einfach nur schneller.

Er: Wollen Sie zu ihm zurück? Ach ja, natürlich, ich bin auch blöd. Er ist noch nicht wieder weggefahren. Sie wollen also zu ihm zurück. Haben Sie sich versöhnt? Lucie: Gewissermaßen.

Schade, sagte er. Ich hätte gern weitergemacht. Ihnen gern weiter den Hof gemacht. Ich hätte Sie gratis in meiner Kutsche spazieren gefahren. Ans Meer. Und noch weiter. Die ganze Felsküste entlang. Und ich bin sicher. Nach ganz kurzer Zeit. Hätte ich mich in Sie verliebt. Ich meine, mit Haut und Haar. Für immer.

Es war so lange her. Dass man ihr nicht mehr von der Liebe gesprochen hatte. So. So offen, so frisch. So direkt, jung, so spontan. So frech. So oder anders. Es war lange her. In Wahrheit war es das erste Mal. Und sicher lag es am Gedanken, dass es das letzte Mal sein würde. Eine solche Erklärung erlebt man nur einmal. Lucie musste die Tränen zurückhalten.

An der Kirche biegen Sie rechts ab, sagte sie. Am Ende der Landstraße wurde das Friedhofstor sichtbar. Darüber die Kirche in ihrer Baumgruppe. Der herausragende Glockenturm. Und sie wollte gerade weitere Anweisungen geben. Fortfahren mit ihren Hinweisen. Da fiel ihr ein, dass er das alles wusste, weil. Ja, in der Tat, weil.

Der Hafen also, die Wald- oder Küstenstraße, die Einmündung des Privatwegs. Lassen Sie mich unten aussteigen. Ich gehe zu Fuß hinauf. Ich weiß, sagte er, ich weiß.

Die Kiefern in ihrem idealen Abstand ließen sanfte Helle durch. Ein Licht aus Milch mit einer Spur Minze. Es roch nach Halsbonbons. Die Wipfel rauschten im Wind. Pfiffen manchmal sogar. Die trockenen Nadeln knirschten unter den Sohlen der grauen Sandalen.

Sie stieg den Weg hinauf. Erreichte die Aufschüttung. Das Haus stand weit offen. Der Lärm des Ozeans bei Flut und die Schreie der Kinder in den Wellen. Sie konnte nicht hören. Erst als sie eingetreten, in den Flur eingetreten war, hörte sie den Klang des Flügels.

Ihr ganzes Sein wurde von einer verrückten, einer wilden, viel zu starken Hoffnung erhoben. Fast wäre ihr schlecht geworden. Die Freude verhinderte es, stützte sie, hielt sie auf den Beinen. Die Freude. Er lebt. Sie lachte. Das Glück des Lachens. Er ist am Leben. Danke.

Die Originalausgabe erschien 2004 unter dem Titel
Dernier amour
bei Les Éditions Minuit, Paris

Umschlaggestaltung:
Nina Rothfos und Patrick Gabler, Hamburg
Typografie: Renate Stefan, Berlin
Gesetzt aus der Quadriga
durch die Offizin Götz Gorissen, Berlin
Druck & Bindung: Ebner & Spiegel, Ulm
Printed in Germany 2005
ISBN 3-8270-0594-9

Christian Gailly

EIN ABEND IM CLUB

Roman

Aus dem Französischen von Doris Heinemann

Nach zehn Jahren brechen die Liebe und die Kunst wieder ein in die gesicherte Existenz des ehemaligen Jazzpianisten Simon Nardis. Er beginnt ein neues, glückliches Leben, aber alles hat seinen Preis ...

»Eine Geschichte mit der Sogkraft eines Jazzsolos.«

Focus

»... das kleine Wunder seiner Prosa aber ist, dem Leser das Wunder der Liebe anzukündigen und es ihn doch überraschend und frisch erleben zu lassen – was nicht zuletzt an ihrer leicht von sich selbst berauschten musikalischen Leichtigkeit liegt, an der *souplesse* Gaillys.«

Frankfurter Allgemeine Zeitung

»... wie Gailly das Spiel der Gesten und Töne in einen lässigen Sprachrhythmus übersetzt, macht jeden Leser wehrlos.«

Die Welt

BERLIN VERLAG

Christian Gailly

KV 622

Roman

Aus dem Französischen von Chris E. Paschold und Albert Gier

Zufällig hört der Erzähler Mozarts Klarinettenkonzert KV 622 im Radio – und er macht sich auf eine aberwitzige Reise nach Paris, um das Konzert live zu genießen. Schließlich kommt es zu dem lang ersehnten Hörerlebnis, doch neben dem Erzähler sitzt eine blinde Frau, deren Ehemann sie ins Konzert gebracht hat, um sie dann für immer zu verlassen.

»Diese Eleganz der Ironie, diese Musik aus Worten, die auf ihrem Höhepunkt abbricht, sind Gailly ganz eigen und Kennzeichen seines Könnens.«

Le Monde

»Gailly ist der komischste pessimistischste Autor, den die Verzweiflung zulässt. Ein Buch der Hoffnung und der fröhlichen Trauer.«

Libération

Berliner Taschenbuch Verlag